日本動漫畫的全球化與迷的文化

日本動漫畫的全球化與迷的文化

陳仲偉

唐山出版社 | Tonsan Publications Inc.

國家圖書館出版品預行編目資料

日本動漫畫的全球化與迷的文化／陳仲偉 作. --
-二版-臺北市：唐山：正港資訊文化
發行， 2009.7
232面；15x21公分
參考書目：面
含索引
ISBN 978-986-6552-28-1（平裝）
1. 動畫 2.漫畫 3.全球化 4.文集 5.日本

947.4107　　　98011300

日本動漫畫的全球化與迷的文化

作者 陳仲偉
編輯 洪偉傑　邱士博
校對 陳仲偉
封面設計 邱士博

出版 唐山出版社
地址：10647臺北市大安區羅斯福路三段333巷9號地下室
電話：(02)2363-3072　傳真：(02)2363-9735
電郵：editor.tonsan@msa.hinet.net
唐山部落格：http://blog.yam.com/tsbooks/
劃撥帳號：05878385　戶名：唐山出版社
發行 正港資訊文化有限公司
地址：10660臺北市大安區溫州街64號地下室
電話：(02)2366-1376　傳真：(02)2363-9735
印刷 國順印刷公司
出版日期 2004年　初版一刷
2009年7月　二版一刷
售價 250元
ISBN 978-986-6552-28-1
如有破損缺頁請寄回更換

序

與你相遇

今年春節期間台灣國際書展，有一則這樣的新聞——漫畫迷徹夜排隊煮火鍋禦寒。春節期間也是我答應仲偉寫這篇序的「空檔」。看到這則新聞，一方面在想仲偉會不會也在那裡排隊，另一方面則想著這麼重要的社會現象，何以台灣的社會學家過去一直沒什麼著墨？

本書的意義與要點，作者已在本文與前言交代，序中自不必重複。倒是作者這個人有些讀者可能會有興趣想知道，了解作者有助於對文本的閱讀。作者仲偉的經歷是有些傳奇性，大學時期他的主修是護理，這個大男生去念護理自有他的理想，後來他與年輕社會學家王崇名教授讀韋伯，記得他到清華大學社會學研究所來口試的時候，帶來一疊厚厚的韋伯社會學讀書心得與各種寫作成果。嚴肅的社會學與作為個人志趣的動漫畫，那個時候已經是他生活的大部分，在清華唸研究所期間我與他一起工作和上課的經驗是，和他約定好的事都「一定」會按規劃完成，說好要交的作業或是研究成果，一定不會比約定的時間稍遲，說好要寫的字數也一定不會少寫一個字。兩年後，這個原來念護理的仲偉，成為清大社會所成立十多年來唯一兩年畢業的碩士，並順利進入東海大學社會學研究所博士班深造。喜歡動漫畫的孩子不會變壞！

本書某種程度上，將成為台灣動漫畫研究的一個里程碑，這不是說過去台灣沒有人做過這方面的研究，但是對於動漫畫研究的正當性，卻在這裡看得更清楚。與日本相比，不論是如作者所說的「具有高度實踐性意涵的公共場域」，或者僅僅只是學術論文的篇數，台灣在動漫畫這個現象的研究都還可以是一個很豐富的領域。例如，本書不但分析好萊塢與迪士尼文化工業如何可能，如何成為獨霸全球的產業，同時也討論其他國家如日本，如何與這個文化霸權抗衡的可能策略，特別是在這樣的情形下，作者以文化全球化對我們生活世界的影響這樣的議題，通過動漫畫的分析帶了進來，並且進一步提出處理文化全球化與往日我們不斷面臨的「動漫畫文化侵略」的問題。

如作者所言，身為動漫畫的「重度」同好，作為一個對動漫畫有興趣的人，自然不是只為了替動漫畫(學術)研究的正當性提出辯護，他也想要替自己的生命志趣說話，雖然文中難免有些自己的主見，但這正是個人有見地的地方。因此，就某些角度來說，這本書一方面是一本「動漫畫文化研究」的書，學術性的，但是對於作為一個動漫迷、也是動漫畫研究者的作者來說，這本書也是他理解自我、理解社會與世界的基石。這是一本不太一樣的書，它不只是一本學術的作品，也有作者自身高度的志趣，尤其是對於動漫畫的一份執著，及其與生活，與知識的關聯，是一份學術與個人志趣的結合。

張維安於清華大學　2004年1月31日

前言

用文字表現繪畫的是小說、用繪畫表現繪畫的是插畫、用繪畫表現文字的是漫畫、用文字表現文字的是評論（手塚治虫）[01]。

那麼，所謂的創作，重點在於選擇自己想要說的故事、欲以用來說故事的形式；而不在於去界定文本形式的優劣上。看到手塚治虫的這句話，我這麼的想著；同時也想到任何一件創作一定有一部分是朝向於自身，但還有另外一部分是朝向於外在世界。作為一本書的作者，總是會期待著自己的書能夠為讀者所喜愛與引起共鳴，最重要的是希望藉此得以能與讀者們有著心靈或者是智識上的交流。「會是什麼樣的人來看這本書呢？」這種想法會不斷地浮上心頭。有許多漫畫家會到書店去看看自己的漫畫賣得如何，或是什麼樣的人會去看他（她）的漫畫，就是因為這個想法吧！對於手上正拿著

01　引自《手塚治虫全史–その素顏と業績》，頁133。

這本書的您，希望您是喜歡，或者是對動漫畫有興趣的人。

然而，就在台灣可見的動漫畫相關書籍來說，這是一本不太一樣的書。這是一本「動漫畫文化研究」的書。作為一個動漫迷、也是動漫畫研究者的我來說，動漫畫一直是理解自我、理解社會與世界的基石。不過以動漫畫研究作為終身志業確實不是件容易的事，常常會碰到他人質疑「動漫畫研究的正當性」，例如：「動漫畫僅僅是一種小孩子的娛樂，有什麼好研究的，還不就是那樣的東西？」「談動漫畫的學術研究，會不會太嚴肅了？這樣會不會喪失動漫畫的樂趣？」、「漫畫評論是否對漫畫不但沒有幫助（評論不了解創作者，還把讀者當笨蛋，認為看漫畫是沒水準的……），還有可能扼殺漫畫發展！」、「動畫跟電影有什麼差別？為什麼要談動畫、動畫的特殊性為何？」作為一個打定主意，這輩子就是要做動漫畫研究的人，面對以上諸類的質疑與挑戰已是稀鬆平常（特別因為身為「重度的」同好，還會碰到「因為你喜歡動漫畫，所以你的論點一定有濃厚的偏見，只會替動漫畫說話。」的說法）。但如果一個人沒有辦法替他的生命志趣說話，那他的人生豈不苦悶至極？

不過，「因為動漫畫對我來說是重要的，同時我也相信動漫畫的研究，不管是在於理論思維上、或是實務上都有助於動漫畫與同好文化。」這樣的一句話卻是不容易說清楚的。有時談完之後還會有一種莫名的空虛感（經常碰到喜歡的就是喜歡，討厭的還是討厭的情形）。那麼，這麼累所為為何？這是因為「我喜歡動漫畫。我希望能與他人分享我在動漫畫中所獲得的喜悅。」相信許多同好都會有這樣的想法。而且，這樣的努力並非徒勞無功，還是有點點滴滴的成果累積並逐漸顯露出來。

動漫畫吸引我們，其中一個很重要的原因是動漫畫不只是具有「趣味」、「感動」還有「知識」；這不是說看動漫畫有什麼教育意義，而是動漫畫對我們傳達了些「什麼」。舉例而言，如果料理漫畫內毫無知識的實踐意涵（料理是什麼？怎麼做料理？），那料理漫畫還會好看嗎？還是就只剩下一堆狀似貪吃鬼的人大快朵頤，卻說不出個所以然？動漫畫的樂趣不只是娛樂，有時還是一種探索與對話，一部好的作品可以激發我們的許多想法，讓我們體驗到不同的生命與思想。

對動漫畫進行學術研究、發展論述與評論會不會對動漫畫樂趣的喪失或是扼殺？我想不會。如果動漫畫可以傳達些什麼的話，我願意將這些什麼與更多的不同生命、知識進行交會與對話。事實上，或許我們也得反省，學術研究是不是已經與生活世界脫節？動漫畫評論與研究是我們對動漫畫的想法與感動，它還可以幫助我們用更多元的觀點了解動漫畫，但如果說所謂的動漫畫研究只是做一些類似於市場調查，看看大家看些什麼、買些什麼，或是想證明「動漫畫有害身心健康」、「動漫畫與不良行為、犯罪的關聯」的話（而且說不定還預設了答案是「yes」的立場），那引起反感也不難想像，但研究只有這些可能？以日本來說，多樣化的評論與研究是刺激動漫畫文化得以發展的一個重要動力，那我們呢？誰敢說要成就一個好的、細緻的動漫畫、文學或是藝術作品的過程絕對是輕鬆愉快的？評論與研究的存在就是與動漫畫互補的成就，或許帶點苦澀，但也有著豐收的甜蜜與喜悅。最重要的是，以現在的台灣來說，我們應該、也必須提出一種由自我的生活世界的認識開始理解自我的研究取向，近年來風行的「生活風格」一詞，不只是說消費或是外貌上的裝扮，而是「認識我是誰、我要做什麼」的途徑。從自我理解開始，我們更會對於整體的社會產生認識，達成互動。這個，也正是長年以來台灣的動漫畫（迷）文化所疏漏，未去認真面對的。

必須指出，台灣需要對動漫畫進行深入的研究剖析，不能只停留在「表象」，更要深入到「確立意義」的層面；這是一個重要也是刻不容緩的問題。在日本有許多專門研究動漫畫的專家學者與許多大學裡都有開設動漫畫研究相關的課程，這代表在日本動漫畫不僅僅是一個普及的休閒娛樂，還是一個具有高度實踐性意涵的公共場域；我們必須說，這可能正是台灣所欠缺的。相應於此，以台灣現有的研究文獻而言，動漫畫與動漫迷與他們實際在現實中的份量卻又是不成比例的。少有人願意且深入地探討動漫畫的意涵與同好的需求及發展。而且一般對動漫畫的探討多半分散在動漫畫文本、發展及動漫迷，一直很少有整合性的論述，也少有對動漫畫社群的解析；在同好與社會情境間也一直有著明顯的缺口，並且幾乎無人嘗試理解或填補。

那麼，我們需要一些切入的途徑與方法；今日，我們說這是一個全球化的時代，全球化的風潮深刻地影響了當代人的生活，更是我們無可迴避的議題。在全球化的諸多議題之中，全球性共享的文化是否誕生一直受到注目，但所謂的「文化全球化」一直伴隨著文化帝國的陰影。相關的討論常會與一些傳播技術、跨國企業、市場或是文化商品有關。雖然對於全球性文化不見得就是西方文化佔有優勢的論述一再出現；但西方文化以外的全球文化、文化傳播或是商品還有是否能夠本土化的問題常常未能有深入的論述與實例。「文化」並不只是指向傳播、商品，文化是人類生活的實踐面向。問題是：我們怎們應對文化全球化對我們生活世界的影響？

相信以日本動漫畫的全球化現象作為切入點將會提供我們一個嶄新的視野，藉此我們可以處理文化全球化與往日我們不斷面臨到的「動漫畫文化侵略」的問題。更重要的是，經由研究日本動漫畫全球化可讓我們一窺日本動漫文化的堂奧。本書的第一章將敘述日本動漫畫全球化的重要歷程事件與探討其成功的因素，指出日本動漫畫全球化是在地性的文化實踐、配合上全球傳播網絡的形成以及由「迷的文化」所建構。在第二章則回到日本動漫畫的發展史，剖析日本動漫畫全球化的基礎是日本動漫畫產生了獨特的「迷的文化」與公共論述的場域。文本、文化參與者與生活實踐的結合正是日本動漫文化發展的根基。這些動漫畫同好自發性的活動是他們對動漫畫的共鳴與認同，也是面對自我存在之展現，更是強而有力的產業支柱。而日本動漫畫產業的生產動力則是：「技藝、專業與志業」。

本書的最重要的核心「迷的文化」，是日本動漫畫的特色，也是其全球化的主要支柱。在第三章將分析日本動漫畫在世界各地所產生的正反立論與日本動漫畫在全球各地所受到的批評，從中指出公開論述機制的形成與動漫迷文化對處理這些批判的重要性。

最後，本書也將思考在日本動漫畫全球化的現象重要的文化意涵？「日本傳統文化的再生、對全球文化的啟發、共享的價值」這三點必須被我們提出。在台灣近年來也一直希望能夠發展台灣本土的動漫畫產業。那麼，這個研究對台灣動漫畫產業發展有沒有辦法提供什麼貢獻？本書將以「迷的文化」與台灣動漫畫產業進行對話。

文化全球化所需要的是文化能在各地生根，能產生在地化的本土實踐。日本動漫畫全球化是在地性、全球傳播網絡的形成，加上觀賞者有強大的動力與日本動漫畫進行對話。迷的文化則是集其大成者。相信在全球化時代中，支撐文化擴散與實踐不會只是資本與跨國公司；作為文化參與者的一般大眾，也是擁有對抗資本，以行動者的身分來促進文化交流，進而成為文化的生產者的可能性。這種可能性也正是動漫（迷）文化的可能性。

在本書的最後一節則是對動漫（迷的）文化其可能性的另一種理解途徑，也是就詮釋學。經由詮釋學的取徑，我們將更能了解同好與動漫畫間錯綜複雜的諸多關聯，與此同時，詮釋學也對於迷的文化的發展能提供更有力的基礎。

作為一個以動漫畫為志業的研究者，出版（publishing）並不是出書印刷，而是「面對大眾」，同時也是面對自我的生命史。回到動漫畫來說；基本上動漫畫文本是一種線性文本，有一個起點，也有一個終點。相應於此，人生的歷程雖有其線性的部分，但在許許多多的情況裡則比較像是一個複雜而糾結，沒有特定的起點也沒有終點的意義網絡。

在這個意義網絡中，有著許多的人共同去編織；一個人的力量是難以有所成就的。深受日本職人文化影響（或許更正確的詞是「感召」也說不定）的我，對於「老師」、「師傅」、「師匠」此類的詞有著相當的感觸。以個人碩士論文《文化產業全球化的發展模式——以日本動漫畫產業為例》作為基礎進行修改與增寫的本書，最需要感謝的是兩位論文指導教授張維安老師與王崇名老師。王崇名老師是我社會學的啟蒙恩師，我從王崇名老師那邊學到的不只是學術意義上的知識，還有一個知識份子對社會的深切的關懷。在二年多前從進入清華社研所開始，更在擔任張維安老師的研究助理中學到將理論與研究結合的實務經驗；在這過程中，我努力的思索如何將原有的志趣與學術研究作具體的結合。張維安老師不斷地強調在思考與寫作上「說法」與理論思維的重要性，我想這會是我現在與未來重要的人生基石。

在當時碩論的寫作過程裡，所上其他老師也給與許多寶貴的意見，都對我在寫作的思維深度與廣度很有幫助，也激發我一些研究上的想像，有些可能無法在本書中提及，但我也將著手處理。像李丁讚老師強調的迷的生活實踐、公共論述場域、周碧娥老師提到電影與動畫的比較、宋文里老師談的東西方藝術創作的差別、吳介民老師問的迷的社會基礎、姚人多老師關心這篇論文能不能對台灣、對一些第三世界國家的文化產業有所貢獻，還有吳泉源老師在方法論的課程上不斷強調的核心論證，並提供了我許多關於全球化與後殖民科學論述的資料，在後來擔任我論文口試委員時，吳泉源老師的問題與建議更讓我受益匪淺。另外一位口試委員孫治本老師是在「2002 年網路與社會研討會」上因為同場發表論文而認識的，孫治本老師對全球化有很深的研究，也對動漫同好文化有著濃厚的興趣，本書的出版更是由孫老師所促成，在此特別致謝。

對於常常向朋友說我是動漫畫與學術研究的混血兒的我來說，個人在動畫領域上的師匠——洪嘉斌先生，是我從愛好漫畫的創作者轉向動漫畫研究與理解生活實踐的重要影響者，從高中時期開始，承蒙他的指導與提供的豐富資源打開了我的視野。最重要的是，我們著眼的不僅限於動漫本身，最常處理的焦點是「如何過生活」；作為一個同好，重點不會只有在興趣上的收穫、收藏等等，能將興趣與生活做最妥善的平衡與結合這才是最重要之處。「了解動畫的人，他的生活必定是豐富、成功的」的想法更是深受他的影響而來。

動漫畫是一種生活實踐，那麼生活環境與實踐的互動即為其核心。對於可算是半個「單身寄生族」的我來說[02]，父母提供了我一個可以專注於理想、學習的環境；對於有時還會叫我不要一直唸書，去看看電視或是打打電玩這樣的父母，實在是由衷地感謝他們。不過，跟我相處最辛苦可能是我的弟弟吧！我相信，有一個隨性、霸佔他人生活空間（全部都是書、書、書）、極度討厭肉體勞動、會一直叫人跑腿做東做西的哥哥絕對不會是一件愉快的事。我想，沒有比能有這樣的生活環境與家人更令人值得高興的事情了。

這本小書只是一個對動漫畫（文化）分析的開始，希望本書的出版真正是面對大眾，是會被人拿在手上、看進眼裡而與其對話的一個觸媒性的存在，而不只是在物理實體世界、在書架上的一本書。如果說您對動漫畫有興趣的話，歡迎、也希望您能一同加入或是建立動漫畫的論述或是創作社群。知識、論述與創作三者是相輔相成的。要深入或是改變動漫畫位處社會文化的邊緣處境需要論述的力量，相應於此，創作則在實踐上提供明確的實績。這塊屬於我們的動漫畫園地正等待著我們的耕耘！

希望能在動漫之「道」上有緣與您相遇

陳仲偉　2003年11月

02　這是日本社會學者山田昌弘（2001）的研究，他指出日本已邁入一個「單身寄生時代」，單身寄居族多半指藉由寄居於父母住處過著（多半還算富足的）生活的未婚者，山田昌弘並藉此現象來分析社會未婚化、少子化的問題，同時對於就業人口比例、消費型態也有著豐富的剖析。不只日本，台灣這些年來也正走向單身寄生化的社會型態，此書可以提供我們許多啟發。

第二版前言

本書初版在 2004 年年底問世，當時得到交通大學的孫治本老師推薦，由唐山出版社發行。出乎意外地，作為一本研究日本動漫畫的學術書籍，居然在兩年左右就已售完，也獲得一些迴響；後來也在許多場合被人問到要如何尋得，或是有無再版的打算。或許這多少反映了雖然今日要獲得日本的動漫畫的資訊不再像以前困難，但資訊的暴增並不代表我們對於日本動漫畫有深刻的瞭解。一個具有歷史視野、寬廣視野的分析仍然是問題的核心。然而要有好的歷史研究，憑藉一人是不可能的，這需要多方面的條件；這些年來筆者得到了在東海大學的恩師王崇名老師、清華大學張維安老師與台灣動漫畫推廣協會蘇微希理事長在多方面的支持，博士論文更有幸得到東海大學高承恕老師的指導，並感謝逢甲大學庶民文化研究中心陳介英主任在各方面的支持，在 2009 年 2 月筆者得以到日本進行訪問，在 4 月更邀請了清水勲教授來台，對於日本動漫畫的發展與其和日本社會之間的各種互動關係有了更深一層的認識。

但距離初版至今已有 4 年多的時間，本書是否需要對內容進行修改或是增補呢？這個問題困擾筆者許久，最後決定內文的部分仍以初版問世時的面貌呈現，主要修正印刷及錯漏字的問題。但以這第二版前言的空間，從本書的分析來看 2004 至 2009 年中，日本與台灣的動漫畫發展與所面臨的議題。

首先，本書反對過去以文化工業或是文化霸權理論來解釋日本動漫畫與其全球化，並認為這種說法只是套用理論，而無視動漫畫實際於生活世界中的存在樣貌；理論的重要性在於幫助我們釐清事實與以更有條理的方式說明與解釋問題，但在我們運用理論時，也要戒慎地瞭解我們所用的理論與實際議題的關連。本書希望能回歸事實與歷史面貌，繼而討論出一種文化再生與交流的可能性，也就是「文化全球在地化」與「詮釋」的問題，更希望能夠由此逐步面對台灣動漫畫發展長期以來的困境。

對日本動漫畫全球化的進展來說，本書強調日本動漫畫全球化的關鍵在於迷文化的發展，這點就近年來網際網路與各國的動漫畫同好社群對於日本動漫畫全球化的推動來看，相信一樣是有其解釋力的。我們可以很清楚地看到全球各地有越來越多的動漫迷的同人與角色扮演活動，還有網路上許多同好所放上的日本漫畫翻譯以及加上字幕的動畫檔案；雖然其中涉及到著作權的問題，但很明顯地日本動漫畫的全球化與在地連結生根的主要動力，依然不是代理商或是日本本地的出版社及動畫公司。而且正是因為這些迷的活動，使得日本動漫畫在全球的影響力更是與日遽增。

不過，網際網路的興起不盡全是好處，這些年來，動漫畫迷的技術（繪畫與科技運用能力）與日語能力明顯地上升，但是詮釋與對話的能力卻是在下降；就連日本本地也一樣碰到這樣的問題。岡田斗司夫甚至提出了「OTAKU 已死；OTAKU 共通的榮耀、共通的文化已經消逝」的論點。隨著日本動漫畫產業的發展，迷文化也有所變化，迷文化的核心逐漸從「詮釋能力」轉變為「消費能力」。雖然岡田的論點的確帶有著一些鄉愁的意味，但他的憂心也有道理所在。當迷只是消費者，而不具有詮釋者、對話者的能力，迷文化的能量就會逐漸消退，動漫畫文化場域能量的多樣性也會受到限制。另外，日本本地的動漫產業也正面對著漫畫雜誌銷售量銳減，動畫番組急遽增長而造成的消費排擠效應等問題[01]。

當然本書也存在著許多未竟之處，一本書不可能包山包海，而本書還是得聚焦在「日本」的動漫畫上。例如對於台灣動漫畫發展的狀況之探討，在本書只是略微提及。不過關於台灣漫畫的部分，筆者也已在 2006 年發表的《台灣漫畫文化史》有所討論，後來 2008 年的《台灣漫畫年鑑》也以編年史形式來對照比較台灣漫畫與全球各國漫畫的發展。而動畫的部分則在筆者於《開拓動漫畫情報誌 frontier》的專欄上有所著墨。

01　主要增加的是深夜動畫，而深夜動畫的播映時間也不再限於本書正文中所提深夜動畫初期是在夜間 11 點到凌晨 1 點播映了。

此外，筆者這幾年的研究重心放在台灣漫畫文化史的撰述上，也有榮幸獲得許多邀約，在一些學校或是研習活動裡分享個人對動漫畫（文化產業）在台灣發展之限制與可能的看法。遺憾的是，這些年來台灣仍是不斷原地踏步，沒有注意到結構性與正當性的問題。雖然動漫畫被政府列入文化創意產業而加以補助，但政府所補助的漫畫雜誌一旦沒有政府補助就立刻消失，而漫畫比賽獲獎的作品在市面上亦沒有能見度，政府漫畫比賽的獎金也是一年比一年低。而動畫正重蹈以往國片的覆轍，取得政府的資源變成關鍵，創作的題材一面倒向傳統文化，或是高喊「創意」，但讀者所要的是「好看」、「動人」、「引發共鳴」的作品。運用傳統文化題材不是壞事，如果能有精彩的表現，更可以說是讓文化得以傳承的美事。但要能夠在創作中賦予這些題材相應於時代的生活感，讓這些傳統文化能夠繼續發光發熱，引發我們的熱情與投入是一大挑戰。另外不只是政府，媒體也將目光放在「動漫畫是門好生意」，然而一味地報導相關活動的參與人數或是銷售量（特別是在周邊商品）並無助於我們對於動漫畫的深刻理解。

動漫畫的問題的確有「產業與經濟」的一面，但更為根本的，需要深入探究的還有「生活與文化」。動漫畫不是民生必需品，但它可以是休閒娛樂、亦能成為精神食糧或人生指標。要孕育出好的動漫畫作品並不只是政府砸錢、媒體報導或幾波的消費熱潮就能成事。唯有我們自身累積足夠的能量，認清環境及社會中的限制與條件，才有可能達成紮實的成果與突破。

所謂的全球化是一個高度連結，變化萬千的時代，但是在變化之中，也有其結構與不變之處。希望我們能放慢步調、不要急著處理「迫切的問題」，而是找出「關鍵的問題」；讓我們能夠立基於自己的土地與日常生活，有著美感、鑑賞力、創作力與對話力，讓動漫畫得以厚實地生根於我們的社會之中。將動漫畫具有生活與文化的共同與認同感，自然就會在產業與經濟上找到制高點。

本書可以說是個人研究動漫畫最重要的起點，在這幾年的教學與動漫畫業界的一些接觸及合作經驗中，更深刻感到志趣、專業之間的張力，擁有專業與保持初衷具有同樣的重要性；更重要的是，要能夠讓這兩者深深地滲入自身，成為「理所當然」的事情。如果能在這樣「理所當然的」事情中找到值得感動之處的話，我們就具有更強烈、持續不斷的動力了。

看著 2003 年 11 月所寫下的第一版前言，深深地覺得能為一件自己喜愛、覺得有意義的志業持續投入，讓自己置身於社會及歷史之中而尋求對話與自我認識，那是一種智識與生活上的挑戰與歷練，但更是享受。

最後，請容筆者引用《ブラックジャックによろしく》（原意為「向黑傑克致意」，中譯為「醫界風雲」）第 13 集中的一段話，希望我們都是有著明確目標而奮鬥不懈的人：

要感受到變化，先決條件是我們沒有改變……不管未來如何演變，只有我們一本初衷，才能感受變化……作法不見得只有一種……不過我相信……你和我都朝著相同的目標在邁進……

陳仲偉　2009 年 5 月

目錄

第一章

航向世界的日本動漫畫

第一節
不一樣的文化全球化

全球化是一個多面向的進程，其中涵蓋著政治、經濟、軍事與文化等重要層面，全球化下的時空重組使得各地的人得以分享不同國家、地區的文化，要逃離全球化的龐大網絡變得越來越不可能；用德國社會學家 Beck 的話來說：全球化是「距離的消失；被捲入經常是非人所願、未被理解的生活形式」（Beck，1999：30）。同時，越來越多學者也注意到，全球化並不能等同於一個在強制支配性下誕生的同質化（homogenization）或是西方化、美國化，需要關注的還有其異質化（heterogenization）與各個地方的在地特殊性；或者我們可以說，當代討論全球化的核心焦點就在於全球與在地之間的關係。

在文化全球化的論述中，我們可以見到其討論的立基點常常關注於同質化與異質化的問題點上；在文化帝國主義（cultural imperialism）的觀點中，文化全球化其實是西方霸權運用細緻的文化商品操作，進行文化上的殖民與侵略。在資本主義的推波助瀾下，現代人的看的是西方影片、吃的是麥當勞速食、喝的是可口可樂；依此西方得以將其他地區的人型塑出對西方文化與生活方式的高度認同，並對其他地區的在地性本土文化造成莫大的威脅。相對於此，也有人認為全球化將促進多元文化的誕生，西方文化不見得能夠獨大。更有人認為上述的二元對立的思考模式是需要修正的，全球化與在地化是一體兩面，兩者不斷地相互滲透才是其真正面貌。如 Robertson（2000）就強調全球化並不是形成一個一致性的世界文化，而是會有著保留各處文化特殊性的「全球一體」。Tomlinson（1994）也認為文化帝國主義的概念需要被重新檢視，在全球化下，帝國主義已不復在，全球化產生的是一個彼此相依的網絡，而非強制性的文化殖民。Tomlinson 表示：

> **全球化與帝國主義差異之處，在於它沒有那麼前後連貫而首尾緊隨，它在文化方面的企圖，方向也有欠明晰。但就帝國主義這個概念來看，它容遊走於政治與經濟意涵之間，曖昧不清，但它卻有宏定的意圖：「致力於」從某一種權勢中，往外將某特定的社會體系，擴散至全球各地。「全球化」這個概念卻指涉全球各地域的相互關連與互相依賴，但其發生的過程卻比較沒有那麼具有目標（Tomlinson，1994：328）。**

Tomlinson（2001）認為全球化並不意味著「西方」文化一直較佔優勢，雖然現時段西方佔有經濟面的優勢，但沒有人可以保證這種優勢可以存在多久。他並以去領域化（deterritorialization）、混種融合（hybridization）等概念指出伴隨著全球化而增加的文化交流將瓦解文化與地區間的關聯，文化混合無疑地正在增加中，全球文化是各種文化相互融合而誕生的文化。然而面對當下飽受爭議的世界主義（男性的、西方的、貶抑，或至少是輕視在地的），Tomlinson 認為我們需要的是一種理想，也就是「世界主義作為『道德的全球在地主義』」。這種理想性的世界主義是：認知到廣泛的世界和在地環境一樣重要，在地文化與其他文化的關聯，甚至可能包括對文化差異有較高的接納程度。肖元愷（2003：258～267）也認為我們的重要任務在於處理民族認同與多元化之間的調處之道。而這已經有許多學者分別指出全球化不是趨同化或是西方化；全球與地方的相互影響才是重點。最重要的是各個文化的相互理解與承認。這也就是說，我們的目標是彰顯文化的多樣性，但也要避免陷入「文化孤立主義」：只要求「原汁原味」的本土文化，反對與其他文化交流，唯恐受到污染。面對全球化，採取一種帶有強烈民族主義情緒的本土化政策並非上策，這有可能導致文化上的封閉性與排他性，並加劇不同層面的衝突。換個方向來看，全球化反而可能是給予了我們一個表達本土化的特性的機會。Crane（2002）拒斥文化全球化為單一性的思維之時，更將文化全球化劃分為四種主要的模式：一、文化帝國主義與媒體帝國主義：其文化傳播的途徑是中心——邊陲的模式。主要行動者為全球媒體；其可能結果為文化的同質化。二、文化流動／網絡：以雙向流動為模式，行動者為宗教、國家、各式法人團體；可能結果為文化異質化。三、接受理論：以中心——邊陲或是多向流動為模式，行動者有觀眾、公共大眾、文化企業家或是守門人（gatekeeper）；可能的結果是協商與抵抗。最後一種為文化的政治策略：這是以建構國家文化作為發展模式，參與的行動者或是場所：這有全球性的大都會、博物館、古蹟、各式文化財產、媒體以及與各類文化、貿易的相關部門；造成的影響是競爭與協商。

可惜的是，即使那麼多人都試圖突破「文化全球化＝文化帝國」這樣的一個框架，但在文化全球化實證上的例子來說，我們還是多見於討論好萊塢或是迪士尼等容易聯想到西方文化帝國主義的案例[01]。如迪士尼總裁 Eisner（1999）表示雖然美國娛樂事業風靡全球，但又不具過強的美國色彩，而是有全球化娛樂事業的味道。但在 Eisner 所提到美國影片暢銷世界的四大理由中，卻有一項是「輸出美國之夢」：個人機會、個人抉擇和個人思想表達的多元化，是美國娛樂事業所傳達的訊息。這種矛盾的說法並非個案。我們更常見到將好萊塢視作文化帝國主義、全球美國化中一支大軍的論述。對此悲觀的看法是我們只能做消極卻是無力的抵抗。如 Trend（1998）帶著自製影片 *The Panama Deception* 到北美、南美與歐洲各國走訪，深刻地感受到美國跨國傳媒壟斷市場的強大力量，而其發源地就在好萊塢。她說：「美國或許是世界上出版最為自由之處，但這種自由是給出得起最高價錢的人所擁有。」對此較樂觀的看法是好萊塢的大舉入侵會強化在地的特殊性；像尹鴻（2000）以

---

01 雖然 Nash（2001）認為對全球文化的研究可以稱為「全球在地化」（glocalization）的研究，因為有許多例子指出全球文化必須配合各地的特殊性才能生存，像是可口可樂得有適合不同地區的不同口味，或是肥皂劇 *Dallars*（朱門恩怨）在各地播出時會有不同的文化解讀。但筆者認為在這些例子中還是難以跳脫有一個強大主導性文化存在的事實，多數的人還是被動性的接受者，充其量只是在接受中創造一些小小的反擊。

「全球在地化」（glocalization）一詞起源自日本公司的微觀市場行銷策略，是為因應各地差異性進行調適的策略行銷方式。而在日文中「全球在地化」的字根為どちゃく（dochaku，日文為筆者所加），意指「居住在自己的土地上」。Tomlinson（2001：216～217）認為該觀念影射將農業生產技術適應在地的條件，正是世界主義的道德觀念所必須學習的。從這邊來談，那麼本書的任務在於梳理出一種真正是「文化全球在地化」的可能性。

中國大陸的電影市場為例，指出本土電影在好萊塢的影響下，反而使本土的景觀更為突出。但我們也可見這些本土電影也都難以打出本土以外的地區，全球化所造就的在地化很可能變成一種封閉性的文化，因為這還是建立於對立的思維與模式之上的運作。對許多人來說，雖然全球化確實對生活造成影響，但仍有一番隔閡，在接受或是抗拒之間沒有個拿捏或是選擇。有許多國家選擇抗拒，但商業傳媒與西方文化的結合模式無孔不入。就像 Hetata（1998）所言，在許多國家看到的是一種牢固又散發著誘惑力的西方圖像，那是自由、資本、物質和性誘惑的圖像；我們能做的只是瞻仰，即使我們知道那是虛假的。

我們不難了解，文化的擴散與傳播網絡的建立息息相關，Held 等人指出文化與傳播的概念仍無法避免產生模稜兩可的模糊地帶，文化全球化涉及到傳播所影響到的時空面向，文化全球化的衝擊很難界定出標準化的解釋，當代文化全球化的形成與電信通訊、語言、文化多國籍企業、文化文化市場、無線電廣播事業、音樂工業、電影、電視、旅遊觀光業的形成息息相關（Held 等，2001：411～456）。從這邊來看，談到文化全球化的對象多是可錄製式的大眾文化、影片與流行音樂等等，這些造成全球熱潮的文化現象一直都共生於其發生地所擁有的網絡資源（特別在於政治、經濟上）。文化的生產者還是廠商、資本家，而不是民間大眾，還是一個單向式傳播途徑。所謂的在地性文化，許多都僅僅是追隨西方流行文化的衍生產物。像是李天鐸（1998）指出本土的流行音樂就受到跨國公司的影響，幾乎無發展的空間，台灣音樂工業缺乏全球行銷管道，本土音樂只能服膺主流音樂的生存法則以及跨國公司的遊戲規則。「本土化」形同假象，文化多樣性的問題，早已被置之腦後。朱耀偉（2002）以香港流行音樂分析全球資本主義使得其發展受限，希望藉由建立本土的非主流音樂（主流音樂主要受到跨國公司的影響），打破只注重「流行」的商業部分，回復其「可塑性」。在這些論述中雖然可見一種希望將全球化與本土化融合，或是肯定全球化對在地可帶來不同的思維與視野，但二元對立的形式仍舊強勢。有些人認為可以藉由閱聽人來解決文化同質性的問題。然而，雖然在閱聽人理論中不斷強調閱聽人的主動性，或是許多人強調全球化下異質化的文化活動，但在這種西方主導的文化全球化下，所能發揮的空間有限[02]，而這點是任何人都無法否認的。

在面對種種交錯之對立與矛盾的現象與論述之時，劉維公（2000）所指出的日常生活取向的文化全球化研究會有助於釐清以上的論述。劉維公認為要跳脫同質化與異質化的爭議之時，同時需要強調全球與在地文化的連結關係。在以往的文化研究之中，所強調的是以「身分認同」（identity）為中心；但文化研究不只是問「我是誰？」還需要問「如何過生活？」。劉維公藉由德國社會學家所提出的「生活組合」（Lebensfuhrung）概念與身分認同相互結合，來

02　近來的研究者指出光是強調閱聽人主動性的說法多少是過度樂觀的，許多研究都過度窄化閱聽人其所屬社會情境的面向。像魏玓（1999）認為在全球化的脈絡下，對於閱聽人的研究更要去思考其外在環境，放棄將閱聽人與文本孤立出來的做法，也必須修正只將閱聽人的接收脈絡侷限於單一家庭或一國之內的研究取向。

掌握全球化下的諸多變異性；也就是說在享用全球化下所帶來的新奇與便利並無礙於其身分認同，雖然身分認同與生活組合密切相關，但並非是等同的。生活組合可以說是行動者組織與調和其日常生活的方法與模式，而且生活組合是與知識和實用兩項要素緊密相關的。文化全球化在此讓人有更多選擇機會可以獲得更多元的生活知識，將其應用在日常生活之中。

不過，要舉出有力的例證依然是困難的，劉維公所認為的在地實踐（如台灣本土的藝文活動），雖然有其活躍的民間團體或是政府的協助，但本書認為它們還是只能侷限在「在地」；在不斷擴張的全球網絡之中，這些在地文化將何去何從？最重要的是究竟有多少人對其有認同感或是將其實踐並能與在地的民間大眾真正結合？這樣的問題感更是我們所需要、也是我們必須去關懷的。

的確，所謂的全球文化絕對不能輕易地與霸權性的文化畫上等號，但在地的文化發展多半又是顯得力不從心，沒有生根茁壯。而且我們必須了解，文化全球化不應該只是「擴散化」，而是需要能在地生根，產生實踐力。本書認為尋找出不同文化生產模式和類型對討論文化全球化以及其相關的議題有著相當的重要性。在後文將以日本動漫畫的全球化現象作為探討對象，試著去梳理日本動漫畫得以全球化與日本在地文化的生產和當日本動漫畫擴散到世界各國後為何能在各地生根茁壯的原因。本書將指出在這波已無可避免的全球化浪潮下，一個文化要能成功地全球化，必須要與各個在地有深厚的結合，而本書所指的「在地」不只是文化的宗主發源地，更是接受的地域。在這樣的全球文化下，將會產生與之前我們所熟知的西方文化的文化全球化現象有著截然不同的風貌。

第二節

稱霸世界的 Japanese Animation 以及 Manga

2002 年 2 月，在東京舉行的「新世紀東京国際アニメフェア 21」（新世紀東京國際動畫博覽會 21）上，其執行委員會委員長也是東京都知事石原慎太郎指出日本動畫在世界各地都得到很高的評價，而且佔有全世界動畫市場的 60% 左右，是具有一兆日圓規模的龐大產業（引自寶島社編輯部等，2002：10～11）。不只動畫，日本漫畫也在世界各地掀起風潮，日本著名漫畫出版社之一的講談社已與希臘、法國、瑞士、義大利、德國、中國大陸、泰國、馬來西亞、台灣等近 20 個國家簽定漫畫版權（阿久津勝，1998：106）。為什麼日本的動漫畫能受到世界各地人們的喜愛？日本動漫畫產業的特色為何？

動漫畫是戰後日本最著名也最為普及的大眾文化，四方田犬彥（1994：7～8）指出日本的少年漫畫週刊雜誌一年可賣出 5 億本，以成人為讀者取向的漫畫週刊與其他類型漫畫雜誌一年可賣出 4 億本，漫畫單行本的種類則有 4000 種以上。如果是漫畫同好所製作的同人誌，雖然無法確定確切的發行印製數量[03]，但一年在日本各處會有 200 場左右的同人誌展售會；其中規模最大在東京每年舉辦兩次的「コミックマーケット」（Comic Market）[04]，是參加人數至少都會超過十萬人的動漫畫同好活動。在動畫方面，《ビデオソフト総カタログ 2000 年版》記錄了在日本所發行的影像視聽軟體有 51000 種，扣除掉代理其他國家的軟體後，在日本本身製作的 30000 種軟體之中，動畫就占有 9100 種之多；依日本映像ソフト協会（日本映像軟體協會）的統計，在 1995 至 1998 年間，日本動畫平均一年賣出 2150 萬片動畫軟體，為所有視聽軟體種類之冠；年平均販售金額達到 725 億日幣。另外從日本政府厚生省（衛生福利部）在 1999 年對日本動畫產業的對象人口數的調查顯示，動畫商品所包含的對象人數竟達到 7500 萬之多，也就是說在 10 個日本人中有 6 個人會購買日本動畫或相關的商品（引自日經 BP 社，1999：22～24、40～42）。現在，這個驚人的動漫畫文化與產業，正擴散到世界各地。

03　同人誌原指日本文學同好團體發行印製的成員作品，是非商業性的出版品；此指動漫同好的作品集。一般同人誌有兩大取向：❶原創作品，❷根據某動漫畫作品人物或故事為基礎，改編而成的新故事。此外，同人誌團體在動漫同好團體中也佔有相當的比例。

04　依 1998 年日本各地的同人誌活動參加人數的統計數據來說，前十大的同人誌活動參加人數的總合達到 392 萬人，其中コミックマーケット就有 68 萬人，以活動總計 5 天的コミックマーケット來說，約會有 70 億元的市場規模（日經 BP 社 技術研究部1999，19～21）。

最令人感興趣的是，在美國好萊塢主導的全球規模之娛樂視聽產業下，日本的動漫畫竟然可以殺出重圍、取得一席之地，並幾乎凌駕於上。從電影起家的好萊塢，不只是電影，也跨足於動畫卡通影片與電視影集的製作，而且好萊塢對於全球市場的開發一向不遺餘力。好萊塢更具有無比強大的經濟實力與來自政治方面的奧援；作為一個資本主義企業，好萊塢驚人完整的宣傳與銷售管道，使得好萊塢生產的影片遍佈於世界各地。但日本動畫則在好萊塢的天羅地網下打出了一片天：即使在好萊塢電影佔有超過 50% 市場利益，輸入外國影片有 44% 來自美國的歐洲國家來說（需要注意的是，據估計有 80% 的歐洲電影與 90% 的歐洲電視節目沒有辦法在原產國以外之處銷售，這就是前文所提到的「侷限於在地」），日本動畫在歐洲國家依然屢次創下收視率突破 80% 的紀錄。即使面對具有電影商品銷售的極致表現、所謂總體作戰策略（synergism）最佳代表，又是同行競爭的迪士尼，日本動畫在美國依然打破迪士尼所創下的卡通動畫類最高的收視率與電影票房[05]。

作為一個產業發展的「後起者」（late comer），起步於二次戰後的日本動漫畫居然與可謂世界最為先進的美國視聽產業並駕齊驅，作為文化產業的日本動漫畫為何有這麼強的競爭力？其生產模式是不是有與他人完全不同之處？

05　此段關於好萊塢與迪士尼的陳述與數據引自於 Wasko（1998：364～411）。至於本段指出日本動畫在世界各地、甚至壓過迪士尼聲勢的資料將在後文提及。

現在，日本動畫的風格、特殊性已受到西方國家的重視，西方國家更以「Japanese Animation」作為指稱日本動畫的專有名詞。從日文「漫画」（まんが）音譯而來的「Manga」也普遍出現於許多國家中，更是日本漫畫全球化的重要象徵[06]。

1）從日本的「ポケットモンスター」到世界的「POKEMON」

《ポケットモンスター》（神奇寶貝）[07]，原本是任天堂公司所推出的掌上攜帶型主機「Game Boy」上的遊戲，遊戲玩家必須蒐集培養自己的怪獸與他人對戰；由於此遊戲具有像電子雞所具有的育成性質，加上了連線對戰的特性，很快地就在日本的中小學生中掀起熱潮，甚至許多成人與女性也受到《神奇寶貝》中各式各樣可愛造型的怪獸設計所吸引。1997 年推出電視版動畫後更是了引起全民風

06 而且，歐美開始有專門研究日本動漫畫的論述：在漫畫方面是以 80 年代 Frederik L. Schodt 的 *Manga ! Manga ! The World of Japanese Comics* 為首。而最早用「Japanese Animation」為主題的專書則是 1993 年英國出版的 *Anime!：Beginner's Guide to Japanese Animation*。這本書主要是以日本的機械人動畫展開日本動畫歷史與特色的介紹。此外也討論兒童動畫作品、運動動畫等類型；最後則是介紹動畫所衍生出來的相關商品類型。在 1996 年後歐美則是有越來越多關於日本動畫的專門書籍、雜誌或者網站。專書中有專門討論日本動畫特色，或用動畫切入日本文化作文化導覽，更有整本就是訪談日本動畫製作者，此外並有對於特定的動畫監督進行分析的專書（如宮崎駿）。在這些書中有一本 *Anime Essentials：Every Thing a Fan Needs to Know* 可說是一本很好的動畫同好教戰手冊；雖然並不深入，但已經有動畫史的簡介、日本動畫的特色與特殊性、書中的第六章「How to be a fan」在我們探討動漫同好文化的面向上更是有參考價值。

07 此中譯名是在向日本購買版權時所定下的官方譯名，之前也有採意譯的《口袋怪獸》及其他譯名。

潮；在 251 種神奇寶貝中，男主角悟志的口袋怪獸「皮卡丘」——圓滾滾、鮮黃色亮眼身軀、一對惹人憐愛的大眼睛加上閃電狀的尾巴，怎麼看都是「卡哇伊」——更儼然成為了日本人的國民寵物。連全日本航空公司都將兩架客機漆上《神奇寶貝》的圖案，受到了預估以上的歡迎，連班客滿；《神奇寶貝》客機更是成了旅客拍照留念的重要據點，全日本航空還得增加《神奇寶貝》客機來滿足各地需求。

而且，《神奇寶貝》不只是在日本本地受到喜愛，配合了電玩、卡片遊戲與動畫，《神奇寶貝》從日本的《ポケットモンスター》搖身一變為世界的《POKEMON》了。在 1998 年公開的第一部劇場作品《ポケットモンスター ミュウツーの逆襲》（超夢的逆襲）在世界各處創下 1 億 7000 多萬美元的票房（其中北美佔了 8500 萬、其他地區是 9100 萬美元）。2001 年在紐約洛克菲勒中心（Rockefeller Center）宣傳時還出現了 30 公尺的皮卡丘模型。2002 年 4 月，《神奇寶貝》共計在 61 個國家播映，遊戲已賣出 5600 萬套，紀錄正不斷更新中。

以迪士尼為中心而一直被視為是世界動畫生產重鎮與標竿的美國，在《神奇寶貝》的威力下也是無力招架。《神奇寶貝》的電視版動畫在1999 年在美國上陸，立刻打破美國電視「卡通」史上的收視率紀錄；1999 年 7 月起全美超過 150 家電視台陸續播映。1999 年 11 月 10 日《ミュウツーの逆襲》在美國的首映日創下了 1000 萬美元的票房，不但刷新美國影史上動畫類作品第一名的賣座紀錄，更是全電影類別首映賣座紀錄的第四名。

《神奇寶貝》的熱潮也讓迪士尼公司大受震撼，美國方面更有許多人開始研究日本動畫作品，同時開始積極引進。日本方面也視《神奇寶貝》為牽引日本動畫進入國際舞台的開端[08]。

本書認為《神奇寶貝》確實是日本動漫畫擴展至世界各國的一個重要里程碑，但這只是在鎂光燈下最受人注目的例子。日本在戰後歷經經濟重建成為舉世聞名的經濟大國，對此早已有許多人在研究日本經濟復甦的原因。然而，日本不只是經濟大國，在 80 年代，日本更是搖身一變成為一個文化大國。其中，常常被人提及的有流行音樂、電視影集、文學與卡拉 OK；在這之中動漫畫也受到相當的注目，而且也屬動漫畫具有最大的普及度與影響力，不管是在日本國內或是國外，日本常常被視為「充滿動漫畫的國度」。這是為什麼？在了解日本動漫畫變為一種全球性文化之前，我們得先回顧日本動漫畫在世界各國的傳播史。

令人驚訝的是，日本動畫在世界各地放映，打開海外市場的始祖就是日本第一部電視動畫，1963 年播映的《鉄腕アトム》（原子小金鋼），此作在同年以 *ASTRO BOY* 之名在美國上映。之後也在法

08 以上關於《神奇寶貝》的各項數據資料出自於《日本のアニメ All about JAPAN ANIME》與〈皮卡丘的風潮〉。

國、義大利、西德、澳大利亞、台灣、香港、泰國、菲律賓等四十多國放映。然而，就整體日本動畫全球化的發展過程來看，這僅能視為獨立的一個重量級個案事件。經過多年的沉寂，1978 年，《UFOロボ・グレンダイザー》（在日本播映年為 1975 年）在法國以譯名 *GOLDORAK* 創下收視率 100 % 的驚人紀錄，在當時 *GOLDORAK* 如同 007 電影系列一樣在法國蔚為風潮，不管是相關書籍或是商品都是暢銷熱賣，*GOLDORAK* 還重播了10 回以上（清谷信一，1998：38～39）。在 70 年代末期，日本動畫確實逐漸打出其全球市場。不過，真正發展與受到重視是在 80 年代。

2）80 年代——初試啼聲

先從美國談起，在 80 年代，美國一些日本人較多的城市的地方電視台開始播映日語發音，英文字幕的日本動畫，雖然原初的目的是為了服務與吸引日籍觀眾，但沒想到也吸引了許多美國觀眾。

之後在 1988 年發生了一件大事，「驚奇漫畫公司」（Marvel Comics Publication）引進了大友克洋的漫畫《AKIRA》[09]，同時也帶進了當年播映的《AKIRA》劇場動畫[10]，《AKIRA》上映後佳評

---

09 大友克洋，1954 年生。漫畫處女作發表於 1973 年，1983 年開始連載其代表作《AKIRA》，1988 年亦執導其動畫。目前活躍於動漫畫兩界，並有商業設計方面的作品發表。在此附註一點，本書在注釋中對於動漫畫創作者的簡介主要參考自《漫画家・アニメ作家人名事典》一書。

10 1988 年 7 月劇場公開的日本動畫巨作《AKIRA》最常被津津樂道的是打開日本

如潮，更讓習慣於迪士尼模式動畫的美國大眾大受震撼，也被視為完成了手塚治虫的畢生悲願：「壓倒華德迪士尼！」（AIplus，2001：142～144）。以此為開端，日本動漫畫的存在受到了許多美國觀眾的注目。

順著《UFOロボ・グレンダイザー》驚人的聲勢，日本動漫畫在法國一直是銳不可擋。在歐洲各國中，法國也是日本動漫畫在歐洲的先鋒與代表。不只是法國，歐洲的許多國家對日本動漫畫也都有很高的接受度。清谷信一就依語系將歐洲分為三區來討論日本動漫畫在歐洲的情形：第一區是法國、比利時與瑞士等法語圈；第二區是義大利、西班牙與希臘的拉丁語圈；第三區是英國、德國與北歐的日耳曼語圈。

清谷信一指出 80 年代初在法國由於電視台的複數化而增加日本動畫的播映，漫畫則是以單行本方式呈現。第二區也是在 80 年代開始接受日本動畫洗禮，與第一區不同的是，在第二區的日本漫畫多

動畫的國際知名度。但這並不是偶然；《AKIRA》從製作構想開始到完成總共花費了 10 年時間，製作費也達 10 億日圓之譜，124 分鐘的動畫用 15 萬張賽璐珞片，這也是戰後日本動畫發展至相當成熟的一個具體表現。此作品的漫畫原作也是動畫監督大友克洋在《AKIRA》的表現更是被讚譽為「不管是在之前或之後都沒有能超越此作的作品」（像《AKIRA》的作畫細膩度（特別是背景的描繪）、世界觀的設定與掌握還有配樂的芸能山城組將民族音樂與近未來音樂融合而生的不可思議的調和感等）。連史蒂芬・史匹柏看完《AKIRA》後都表示：「真想把《AKIRA》的全部工作人員拉進自己的團隊」（以上關於《AKIRA》的資料出自《Japanese Animation 日本のアニメ～終わりなき黃金時代》與《日本のアニメ All about JAPAN ANIME》）。

是以雜誌型態出現。第三區以英國為例，其漫畫常常是在美國西海岸受歡迎後再進入英國。

回溯 80 年代日本動畫在歐洲，有一點是相當重要的；在 80 年代，歐洲的電視台從國營逐漸轉向民營，這使得日本動畫得以大量進入歐洲，在清谷信一所分類的第一區與第二區則更是明顯；但是在第三區如英國對於動畫這類常被歸類為「兒童節目」有著多種規制的國家則影響不大（清谷信一，1998：32～33）。在第三章裡，我們將再度提到政府的規範對動漫畫文化確實有著重要的影響，然而卻不是絕對的；除了規範以外還有更重要的，也就是本書欲去分析的「迷的文化」。

那麼，日本動漫畫在亞洲呢？台灣著名漫畫研究者洪德麟說：

> 在亞洲地區，日本漫畫一向執牛耳，日本的漫畫家在一代接一代的創新下，寫下了舉世無雙的日本漫畫文化風格。並為週邊效益帶來了經濟奇蹟。長谷川町子的《蠑螺小姐》於 1946 年登場，在廢墟的日本起了震撼作用，為苦難的日本注入了活力。同一時期，手塚治虫的出現，為日本漫畫帶來了革命性的觀念（洪德麟，2000：4）。

經由手塚治虫及許多追隨者的努力，日本建立了舉世聞名的漫畫王國，而日本動畫也在 1963 年後開始蓬勃發展。

在 1980 年代的東亞，各地可見盜版的日本動漫畫。夏目房之介（2001）在 1981 年就在桂林的漫畫出租店看到盜版的《鐵臂阿童木》（此為手塚治虫的漫畫《アトム大使》）。台灣在1980年也是盜版放映《小叮噹》的電視動畫[11]，香港更是有不同的 8 家出版社盜版，而出現了 8 種不同版本的《ドラえもん》。在台灣也有相似的情形，甚至將其他藤子・F・不二雄的其他作品也當作《小叮噹》集結出書，也有出版社爭相出版《小叮噹》而造成《小叮噹》在漫畫市場上的混亂與沒落（tp，2001：79～80）。在東亞，盜版的日本動漫畫是現在許多 20 歲以上的人重要的童年回憶，這一點都不誇張。

80 年代，在日本的動畫史上被喻為「黃金年代」，也是動畫題材的分殊化與爭艷的時代，在漫畫史上更是名作輩出。在動漫畫同好圈中「OTAKU」的誕生，更重新塑造了同好與動漫畫間的連帶[12]。對許多其他的國家與人民來說，則是他們與日本動漫畫締下不解之緣之時。

11 此為藤子・F・不二雄原作的《ドラえもん》，在版權時代來臨後則定名為《哆啦A夢》。

12 OTAKU 一詞最初在日語的解釋為「御宅」（おたく），是作為第二人稱的尊稱，指的是對他人住宅的尊稱：相當於「貴府、府上」之意。對動畫迷來說是為了情報搜集與交換而需時常面對他人所習慣使用的敬稱。這是由 1982 年一群畢業於慶應大學的動畫業界人士所愛用而成為動畫同好間的一種特殊用語，因而帶著是對動畫同好的菁英份子、對動畫有特殊專精者的稱呼之意。後也指稱到漫畫迷。

3）90年代——勢如破竹

經過了 80 年代，日本的動漫畫在國際上已有一定的口碑。在90年代，日本動漫畫在國際舞台上更是光耀奪目。

如果 1988 年公開的《AKIRA》是日本動畫在 80 年代進軍國際的代表作；1995 年公開的《Ghost in the Shell》（攻殼機動隊）就是日本動畫在 90 年代引起國際注意到日本動畫所具有之劇情豐富度、內涵、技術與完成度的象徵（特別是其電腦動畫的運用常為人稱道）。《Ghost in the Shell》，是漫畫家士郎正宗原作[13]，押井守執導的動畫作品[14]，當年並同時在日本、美國與英國公開播映，上映後獲得廣大迴響，《Ghost in the Shell》還登上 1996 年美國錄影帶銷售榜冠軍；同時在美國的各週刊雜誌上引起廣泛討論，最後連電視新聞上都可見「日本動畫具有相當高的水準」的報導。

不只是《Ghost in the Shell》，如《ドラゴンボールZ》（七龍珠）更是美國、法國、義大利、韓國、越南與其他東亞各國最受歡迎的動畫作品。在 90 年代，美國也出版了日本動漫畫的綜合情報誌：如

---

13 士郎正宗，1961 年生。在就讀大學期間開始從事同人誌創作，在成為職業漫畫家後以縝密的故事情節與逼真寫實的動作場面在世界各國受到注目。同時也擔任美術教師從事教學與創作。

14 押井守，1951 年生。在大學時期就開始獨自拍攝電影。因為當時電影界不景氣，而進入動畫公司，除了動畫作品外也拍攝了幾部真人電影，如《紅い眼鏡》（紅色眼鏡）、《ケルベロス——地獄の番犬》（地獄的看門犬）等，最近的作品是在波蘭拍攝運用大量數位技術而成的《AVALON》，此外也從事小說的寫作。

Animerica、*Protoculture Addicts* 與 *V.MAX* 等。此外，也有許多美國漫畫家開始以日式風格創作；例如美國的漫畫家開始學習日本漫畫家運用狀聲字的手法、畫風上的改變也相當明顯（特別是在眼部的描繪），甚至連出版社對漫畫出版的方式、漫畫的頁數都有傾向日本漫畫的出版方式（Schodt，1996：326～328）。而美國的日本動漫迷不只是人數持續成長，也開始進行有組織性的活動。1991 年在加州聖荷西就舉行了「第一屆日本動畫國際研討會」（The First International Conference on Japanese Animation）（AIplus，2001a：145）。

法國在 1991 年以*アニメ・ランド*為始，陸陸續續出了數本專門介紹日本動漫畫的雜誌。1993 年《美少女戦士セーラームーン》在法國引起了不下《UFOロボ・グレンダイザー》的熱潮，在義大利更有超過 200 萬的觀賞者。義大利在 90 年代初也有當地的 OTAKU 創辦了專門的漫畫出版社，如以《宇宙戦艦ヤマト》（宇宙戰艦大和號）的同好俱樂部為核心所組成的「YAMATO」出版社與其發行的動漫畫雜誌 YAMATO。在英國，日本動畫雜誌 *アニメUK* 也於 90 年代創刊（清谷信一，1998：34）。此外，德國也在 90 年代開始引進日本漫畫，很快地，日本漫畫也在德國引起風潮。《ドラゴンボール》的漫畫在德國銷售量超過 150 萬本（夏目房之介，2001：205）。

90 年代的亞洲，瀰漫著一股濃濃的哈日風，動漫畫更是其中的先鋒與代表。如台灣盜版日本漫畫的鼎盛期的代表是《少年快報》所創下一週 23 萬本的驚人銷售量；《少年快報》將日本所有當紅的漫畫連載通通一把抓，既便宜又大碗。日本講談社國際室次長阿久津勝表示：

> 1990 年初，在台灣市面上出現混合《マガジン》、《サンデー》、《ジャンプ》、《チャンピオン》等日本少年漫畫雜誌的盜版作品[15]、此外還有相關商品與單行本等。出刊的時間大約是比日本慢一個月左右。對這種將所有少年漫畫誌的人氣漫畫集結於一起所產生的漫畫雜誌，我們的反應已經是超越了憤怒，而幾乎是驚嘆了。像這種違法的盜版漫畫也是普遍存在於其他的亞洲各國。曼谷的書店也可見盜版的日本少女漫畫，在馬來西亞也是有盜版的日本漫畫發售（阿久津勝，1998：102）。

日本動漫畫在亞洲究竟有多大的影響力與市場？就以亞洲除日本之外以黃玉郎為首，擁有龐大漫畫產業的香港來說，也是無法抵擋日本漫畫旋風；日本漫畫佔有香港漫畫市場的 50%，許多香港漫畫的題材甚至連包裝設計方式都是學習日本漫畫（Lai and Wong, 2001：116～119、夏目房之介，2001：95～97）。就台灣來說，日

15 《週刊少年マガジン》（少年 MAGAZINE）是講談社出版的漫畫雜誌、《週刊少年サンデー》（少年 SUNDAY）由小學館出版、《週刊少年ジャンプ》（少年 JUMP）由集英社出版，此漫畫週刊還曾在 1995 年 7 月創下一週的發行量達 653 萬本，實際銷售量 635 萬本，在日本漫畫銷售史上算是空前絕後的紀錄、《週刊少年チャンピオン》（少年 CHAMPION）則是由秋田書店發行。這四本都是在日本最受歡迎的少年漫畫雜誌，也是反映漫畫市場的重要標竿。

本漫畫的市場佔有率更達 9 成以上，其他則是美系漫畫、本土漫畫與香港漫畫（蕭湘文，2002：62）。就連一向反日的韓國，也是引進了大量的日本漫畫。中國大陸亦是加入了購買日本漫畫版權的行列，大陸新生代漫畫家的畫風很明顯地也受到日本的影響。

日本動畫在亞洲更是一枝獨秀，亞洲幾乎沒有任何國家有獨立而大量的動畫作品，就算有，也是零零星星；在亞洲國家的動畫製作公司，多半是日本或是美國動畫的代工公司。當然，亞洲觀眾看的動畫更是以日本動畫為主。

2002 年，宮崎駿執導的《千と千尋の神隠し》（神隱少女）[16]，在第 52 回的柏林影展中得到了第一次有動畫作品獲得金熊獎的殊榮。經過了 80 與 90 年代，現在日本的動漫畫得到了世界許多國家的歡迎與認同，「Japanese Animation」是日本動畫的專業代名詞[17]，「Manga」亦是如此[18]。

16 宮崎駿，1941 年生。1964 年進入東映動画公司，退出東映之後成立了スタジオジブリ（吉卜力工作室），亦是其代表人物。從 1986 年的《天空の城ラピュタ》（天空之城）受到大阪映画祭作品賞・監督賞，之後每部作品都受獎不斷，可説是日本最受歡迎的動畫監督。

17 在 80 年代歐美討論日本動畫時就已使用「Japanese Animation」，當時是要與其他國家的動畫或是「卡通」（Cartoon）作為區別而用。但在《Ghost in the Shell》之後，「Japanese Animation」已是帶有「一流的專業動畫」的象徵意味。

18 「Manga」一詞還被法國一家出版日本動漫畫的「漫畫娛樂社」（MANGA ENTERTAINMENT）公司用來當作註冊商標，作為其出版日本漫畫的專業性象徵（清谷信一，1998：23）。

漫畫王國——「日本」，一個月發售的漫畫週刊及月刊雜誌超過 300 種（還不包括雙月刊、季刊等），一年漫畫銷售量可達 20 億本以上。即使面臨 90 年代的經濟長期不景氣，漫畫的市場佔有率仍有 36%（此為 2000 年日本《出版月報》的數據，引自夏目房之介，2001：209）。這是不是表示漫畫在日本已成為一種近乎民生必需品的存在？就動畫來看，在電視上播映的動畫從 1965 年的 20 部，到 1990 年的 64 部、1995 年的 79 部，至 2000 年竟高達113 部（引自寶島社編輯部等，2002：161）；光《ポケットモンスター》就已創造了 5000 億日幣的經濟效益！日本動漫畫已經不再是「流行文化」，而是一個具有特殊意義的文化現象。那麼，日本動漫畫強大的生產力與觀賞者的支持與喜愛從何而來？

4）不光是兒童與青少年的專利

日本動漫畫強大的生產力與觀賞者的支持從何而來？對於這個問題，本書以日本動漫畫一個重要的特色「不光是兒童與青少年的專利」來切入。動漫畫在台灣長期以來一直被視為是「小孩子的玩意」；蕭湘文（2002：23～30）指出以漫畫而言，不論中外，對於漫畫的閱讀都沒有給予過高的評價，大部分的人認為那是一種小孩子的活動，一般漫畫迷並不敢直接承認自己的嗜好就是看漫畫。蕭湘文更進一步分析諸多對漫畫的壓抑與禁止源自於對漫畫的負面標籤與印象，其主要的根源有：保護兒童的心態、負面事件的擴充效應、文化類型的邊緣性等。但本書認為日本的動漫畫已超越了這個看似堅不可摧的障壁。

美國一位長期研究日本漫畫的研究者 Schodt（1986）指出日本漫畫的特色就在於漫畫家具有獨立的創作空間，並有專任的助手負責協助圖畫的繪製與資料的處理；此外，日本的漫畫家並不受出版社的牽制，漫畫家的作品版權操之於漫畫家，而不是出版社。Schodt 並認為正是日本漫畫家的獨立性帶動了日本漫畫內容的多樣化，不僅是針對學齡兒童，也針對社會人士與女性讀者，像日本漫畫就有很多是描寫各行各業的生態，特別是對於一般的上班族生活，這些漫畫都會引起社會各個階層的共鳴。

> **不僅是漫畫，日本動畫也涵蓋了不同年齡層的觀眾。日本的深夜動畫（指夜間 11：00 至凌晨 1：00 播映的動畫作品）鎖定的觀眾群就在高中生、大學生還有二、三十歲的社會人（日經 BP社 技術研究部，1999：30）。**

日本的動漫畫受到日本社會不同年齡層與各行各業的喜愛，這樣的特色在世界各地又掀起了什麼改變？

蕭湘文（2000：66～67）在有關漫畫消費行為的研究發現到，許多漫畫迷表示，與其說他們是漫畫迷，不如說他們是「日本漫畫迷」，在蕭湘文的調查對象中也包含了大學生與更高的年齡層讀者，調查的受訪對象年齡分布在 13 歲到 37 歲，平均年齡為 18.24

歲。葉乃靜（1999）以質性訪談的方式，發現漫畫對大學生亦具有促進人際關係、休閒娛樂，更有某種程度的學習和啟發的功能。

「Central・Park・Media」公司經由網路與動漫畫相關商店進行對美國的日本動畫消費者的調查結果顯示：有 90% 以上是男性，有90% 以上超過 18 歲，74% 的日本動畫消費者在 18 至 34 歲間，而且有許多人是高級知識份子（山下洋一，1998：78）。德州大學副教授 Napier（2001：246～249）在德州大學以及紐約進行的研究則是指出美國不管是學生還是社會人都對日本動畫相當感興趣，而且遍佈在各個科系與各行各業裡面，其調查所涵蓋的年齡層從 14 到 48 歲，所有受訪者的平均年齡為 22 歲（就受訪的德州大學裡的動畫同好來看，有 70% 的人平均分數在 3.0 以上，就他們學校來說，這可說是相當優異的成績）。問這些人為什麼喜歡日本動畫？有 80% 的受訪者都認為因為日本動畫與其他動畫類型的作品比較起來，有著豐富且複雜的主題。其他常見的回答則有：「像迪士尼與其他的美國卡通，都是以兒童為導向，缺乏獨創性與內容。」、「日本動畫是適合所有年齡層觀賞的。」、「不是迪士尼不好，但迪士尼與其他的美國卡通、電影一樣都只是不斷重複相同的內容，而且商業氣息太重。」

日本漫畫在香港所引起的震盪則更是驚人。Lai and Wong（2001：115～119）從香港的漫畫發展史切入，指出漫畫在香港一直被視為是充滿色情與暴力的次級讀物，漫畫的讀者也多是社會的低下階級；但因為日本漫畫的進入（主要是因為手塚治虫的漫畫），一方面改變了香港漫畫本身侷限於武打故事的結構，更是提升了漫畫的社會地位，在香港閱讀日本漫畫的讀者有許多是大學生，並且有許多漫畫同好的社團成立。

「不光是兒童與青少年的專利」是一個重要、真實的現象，但還不能代表日本動漫畫全球化的原因。不過我們已經可以由日本動漫畫打開不同年齡層市場的特色中，隱約見到支撐日本動漫畫發展的社會力量[19]。

第三節

日本動漫畫全球化如何可能

全球化是一個複雜的網絡與現象，本書的研究關懷是一個在地文化如何可能全球化？一個文化產業在全球化的脈絡下要如何擁有獨立性、發展性與競爭力？為此，本書將提出日本動漫畫的全球化是由以下的三個支柱所建構而成的：

19　大家可以想想有沒有許多人會到二、三十歲還在看迪士尼這個問題，就可以知道為什麼「不光是兒童與青少年的專利」這項特色會是決定性的要素之一了。

1) 日本動漫畫產業的生產特色

為什麼日本動漫畫有這麼強的競爭力？甚至超越了迪士尼？我們必須回到日本社會來看，日本本身就是全世界動漫畫最為普及與發達的國家。Schodt 表示：「日本是世界上第一個把漫畫的社會地位提升至與小說、電影同樣層次的國家。」在 Schodt 指出日本漫畫在日本出版市場佔有近 40% 的驚人市場後，他又說：「光是從統計數據還是無法指出漫畫在日本社會的巨大影響力，漫畫已經是一個巨大的夢想生產機器中的核心媒體。」、「只是一本受歡迎的日本漫畫，就可能與全世界最大的動畫生產工業相結合，而且也是 CD、文具、音樂劇、電視節目、電影、小說的重要題材。」（Schodt，1996：19～21）那麼，了解日本動漫畫的生產模式將會是本書立論的基礎。

不過，本書認為最重要的是要了解日本動漫畫產業與社會的關係。日本動漫畫的發展並非一帆風順，在日本戰後漫畫的發展史上也數次遭受官方與民間的反彈與壓制，如 50 年代的「惡書追放」、90 年代初的「有害漫画問題」等[20]。那麼，為何日本還能成為漫畫大

20 大阪國際女子大學教授竹内オサム在這方面的史料掌握與漫畫發展史有著深入的見解。他強調對於這些由漫畫所引起的各項爭議是不能以「因此，漫畫是沒有用處的」，或是「可是，漫畫是如此的好看」、「漫畫是這麼地有趣」等單向的觀點。對漫畫與社會間錯綜複雜的關係，不能以意識型態，而需要具體的「事件」來作為切入點（竹内オサム，1995：3～5）。從這邊來看，我們當下的問題就是在於對於日本動漫畫缺乏具體的「事件」，而是以二元對立的意識型態在處理。在這樣的思維下，對於本土的動漫畫發展也不脫「動漫畫是否有害」的論點，而

國？日本動畫在發展史上也曾經歷過被視為「テレビマンガ」（電視漫畫）的時期，當時的動畫被視為是漫畫的附屬物；那麼日本動畫與動畫同好的主體性又是如何建立的？

本書的研究將要從日本動漫畫產業與發展史作為出發點，探索日本動漫畫的生產動力與社會基礎。

2）歐美代理公司的介入：全球傳播媒介

日本對他們的動漫畫產業外銷一直是相當被動，從日本人對他國盜版他們的動漫畫卻常常置之不理可見一斑。那是誰在推動日本的動漫畫的全球化？本書將指出這是由世界各國主動去接納日本動漫畫的。當然，動漫畫作為一種有利可圖的商品，就會有商業通路；這些商業通路，包括世界各國的電視台、出版社與其他媒體大量地引介日本動漫畫更是加快了日本動漫畫擴散的速度。但除了處理日本動漫畫傳播與擴散的過程外，我們必須指出，日本動漫畫的全球化過程並不能隨意扣上一個「文化侵略」的大帽子，在本書中將會指出日本動漫畫所帶來的是一個文化競爭與學習的契機。在此，處理日本動漫畫在世界各國引起的風潮與爭議將是重要的出發點。

不去思索動漫畫的可能性，這也難怪動漫畫在台灣一直無法進入公共領域，頂多是因為商業利益與廣告在推動，變成一個「有錢的投資管道」，但卻對動漫畫是什麼談不出個所以然來。

全球傳播媒介的力量打開了日本動漫畫全球化的第一步，然而，文化全球化並不只在於傳播的範圍或地域的廣大與否，市場銷售額更不是文化全球化的唯一指標。日本動漫畫的全球化最驚人的不只是在其文本或是傳播媒介，而是在文本與觀賞者間的相互作用，這就是本書所要提出的最後一點：

3）迷的文化的形成

日本的動漫畫迷對他們的動漫畫與故事中的人物和世界有很強的認同感，並形成了一種強而有力的生活實踐，這就是日本動漫畫文本與觀賞者互動的核心特色。日本的動漫同好形成了一種「迷的文化」，而且促進了動漫畫的發展與製作。

日本的動漫畫到了其他國家後，各地也出現日本動漫畫愛好者的活動、聚會、同人誌與 cosplay 的出現 ；這種迷的文化就是支撐日本動漫畫屹立不搖的樑柱。為什麼日本動漫畫具有如此跨國籍的威力？本書認為迷的文化在此具有舉足輕重的地位，在接下來的數章中將會對迷的文化作深入的分析。

以上所提的三點是支撐日本動漫畫產業全球化的三大支柱，但這三大支柱的角色是不盡相同的。本書認為迷的文化與日本動漫畫文本特色的結合將會超越傳播機制的力量，成為日本動漫畫在全球各地生根、形成文化實踐的真正動力。在內文中將會對此進行更深入的解析。

那麼，本書的定位與目標有以下各點：建構對戰後日本動漫畫的理解、了解日本動漫文化的建構方式與分析支撐日本動漫畫作為一種新興文化產業邁入全球化風潮的動力。了解日本動漫畫的文化建構力量，日本動漫畫作為一種深入民間的大眾文化對我們來說有著重要的意義。而且這也是我們重新認識分析日本的重要途徑。Martinez（1998：11）曾以日本為例，說明大眾文化是反映在地性的最佳指標，同時各地對一樣的文化也會有不同的表現方式，如日本的搖滾樂歌手就不喜歡像歐美的搖滾樂歌手常常進行巡迴演唱。他說：「大眾流行文化是一個最有可能用來檢測『國家文化』的適當方式。」

當然，本書的研究議題是文化全球化，但除了全球化之外，文化在地化與實踐的產生更是重要。要了解日本動漫畫產業何以全球化，就必須先從日本動漫畫和日本社會著眼；經由這些討論，我們也將更了解日本社會是如何建構出如此驚人的動漫文化的原因。本書也會與文化全球化的相關議題對話，在此要先指出，文化要能全球化，不光只是靠傳播的力量，傳播是一個重要的途徑，除此之外呢？這正是有待我們去探索的。此外，本書最後也將經由對日本動漫畫產業的理解，回過頭來思考台灣動漫畫產業發展的問題與困境。

第四節
本書架構

本書分為四章，第一章作為序言，處理整體性的論述基點與相關的背景資料。本書將分析日本動漫畫得以成為重要的全球性文化的基礎在於其動漫畫產業的特色。但就動漫畫這種邊陲文化卻能有如此傲人的發展絕對不光只是產業的生產力，一定也有其社會力量的基礎與支撐。在第二章「日本動漫畫發展史與迷的文化」裡，將以日本漫畫之神、也是日本動畫的典範——手塚治虫來切入日本動漫畫的發展與文本上的特質。同時，也將以手塚治虫提出的日本漫畫發展的六個時期：「玩具、追討、點心、主食、空氣、符號」作為切入點，思索日本漫畫與日本社會糾葛不清的關係。我們在看到日本驚人的漫畫市場時，常常會認為日本是一個充滿漫畫的國度，這是事實。但是，全世界可能也找不到一個像日本一樣對漫畫有高度敵意的國家。在這樣的環境下，漫畫的生命力值得我們深究，在思考日本漫畫發展時，這更是不可或缺的討論。

日本動畫，一樣是在二次戰後才綻放光芒，在二次戰前的日本動畫是不敵迪士尼的，但二次戰後日本卻成為全世界最大的動畫生產地，為什麼？一樣地，我們將回到歷史進行考據，分析日本動畫的文本特色與動畫迷作為推動日本動畫文化發展的動力的過程。

日本戰後動漫畫強盛的重要原因，本書認為是日本動漫畫帶動了一種「迷的文化」（fan culture），或者我們反過來說，是迷的文化帶動了動漫畫的發展；其中一種特殊的動漫畫迷——OTAKU——更是對日本動漫畫產業與文化有著重要的意義。在書中也將處理 OTAKU 的行動特質，以及作為處於動漫迷金字塔頂端、動漫迷最高標準的他們，是具有何種能力去分析動漫畫文本、並與其對話，甚至帶動了動漫畫產業發展。除了 OTAKU 以外，日本動漫迷還會以同好間合作創作動漫畫作品來表示他們對動漫畫的喜愛；其中，最廣為人知的就屬「同人誌」。本書認為這些動漫畫同好自發性的活動是他們對動漫畫的共鳴與認同，也是面對自我存在之展現，更是強而有力的產業支柱。在第二章將以「技藝、專業與志業」三個面向來反省日本動漫畫產業的生產動力作結。

第三章「日本動漫畫邁向全球化的動力與阻力」所要分析的是日本動漫畫在全球化過程中的諸多現象。焦點在於處理日本動漫畫文本與「英雄」的特色，並試著解答這些英雄為什麼會被不同國家、不同民族、文化背景的人所接受。

回到之前所提過的「迷的文化」，這是日本動漫畫的特色。而且，在日本動漫畫為各國接受之時，在各地也產生了這些迷的文化。為什麼許多國家的動漫迷也想要成為「OTAKU」？同時，這些動漫迷也經由動漫畫去理解與想像日本。在此章也將討論不同國家在接受日本動漫畫時，在他們國內所產生的正反立論，本書的研究將試著從這些例子去思考日本動漫畫產業何以稱霸全球，同時思考並去比較不同地區對接受相同文化產業的異同。當然，一般我們在談到全球化，時時意指西方化、或是美國化，但日本動漫畫卻也在這些影響全球化最甚的國家大放異彩。在此我們也將處理日本動漫畫在全球各地所受到的批評（有許多是文化與意識型態所造成的誤解），並強調公開論述機制的形成與 OTAKU 文化對處理這些批判的重要性。

在第三章的結尾，將分析日本動漫畫與好萊塢迪士尼的差異作結，經過了對日本動漫畫與其全球化過程的探討之後，相信可以描繪出一幅兩者差異的圖像。更了解日本動漫畫全球化所帶動一種不同的文化實踐的可能性。

如果我們說第二章所談的是日本動漫畫產業的生產與在地化，第三章就是日本動漫畫擴散到全球的現象分析與全球性「迷的文化」的形成。那麼，在第四章「日本動漫畫全球化作為文化實踐的省思」將以日本動漫畫全球化的過程對文化全球化議題進行對話。

一般我們在提到文化全球化或是全球化文化常見的討論多會與一些傳播技術、跨國企業、市場或是文化商品有關。順著這個脈絡下來，在文化全球化的議題中，有一個重要的關懷是：「會不會出現統一性的全球文化？」這個問題常常會讓我們去思考到文化帝國主義的問題。在這一章裡將回顧以及對文化全球化理論進行整合，強調在全球化的巨大脈絡裡，流動的不只是經濟、生產，還有具象徵意義的符號。如果說光是在地生產力加上傳播是還不足以成就全球化文化的。在地性與全球化間還有著對立、合作等複雜的關係。

那麼以日本動漫畫產業作為探討的對象對於文化全球化相關議題的意義在於：日本動漫畫全球化是深植於在地性的文化發展、全球傳播網絡的形成，加上觀賞者有強大的動力與日本動漫畫進行對話。這也是日本動漫畫在美國影視工業的大軍壓境下能絕處逢生、後來居上的原因。

在最後本書將思考在日本動漫畫全球化的現象後面，是不是有什麼重要的文化意涵？此處擬以「日本傳統文化的再生、對全球文化的啟發、共享的價值」三點切入。另外，在思考日本動漫畫產業之後，回過頭來看看台灣也是必須的。台灣近年來也一直希望能夠發展台灣本土的動漫畫產業。那麼，像本書這樣的研究對台灣動漫畫產業發展有沒有辦法提供什麼貢獻？台灣曾經在 1996 年時，漫畫市場有 80 億、周邊商品可以有 250 億元的銷售額（黃智湧，1996：80），但不過幾年光景，市場卻跌掉 30% 以上。在最後，本書也將對台灣漫畫產業進行一些初步的分析，思考台灣漫畫史與動畫代工史，並以在書中不斷強調的重心：「迷的文化」與台灣動漫畫產業進行對話。

經由日本動漫畫的全球化的研究，可以指出文化全球化還有一個重要的面向：「文化的學習與競爭」。我們必須了解到在全球化時代中，支撐文化擴散與實踐不會只是資本與跨國公司；作為文化參與者的一般大眾，也是擁有對抗資本的力量，以行動者的身分來促進文化交流。但行動者的出現如何可能？

本書的最後一節「新的航程：朝向詮釋學」，就是要更進一步地探究動漫畫與觀賞者、同好的關係，也是對 OTAKU 文化更深的探討。詮釋學所處理不只是人如何閱讀文本，而是人如何理解世界的問題。如果我們要掌握動漫文化真正的意涵與重要性；那麼，OTAKU 文化與詮釋學勢必是我們絕對無法迴避的重要議題與挑戰。

第二章

日本動漫畫發展史與迷的文化

在喊得震天價響、越捲越大的全球化風潮中，日本動漫畫已經進入了許多人的生活；而且還似乎是理所當然的，就像是日本動漫畫原本就在我們的身邊一般。如此驚人的日本動漫畫風潮，雖然受到了許多人的歡迎與喜愛，但是也遇到了來自不同層面的反對與抗拒。有些確實指出了日本動漫畫中惹人非議之處，但也有許多是誤解。但是，即使是誤解，理解這些誤解與阻力也是重要的；從這些阻力中，我們也更得以深入思索全球化的意涵。如果我們要討論日本動漫畫產業為何得以全球化，除了解全球化的意涵與論述外，還需要了解日本戰後動漫畫的發展。

以台灣為例，許多人視動漫畫為日本文化殖民的代表，徐佳馨（2001）就認為日本漫畫作為一種流行文化，為了創造大量的市場需求，必須要大量生產，日本漫畫是法蘭克福學派所稱的「文化工業」，日本漫畫只是因應市場而生的文化產品，具「商機」的作品才有機會「出線」。她並藉由符號學的分析，認為日本漫畫所形塑出來的是無害、親切的人物圖像；這種人物圖像是為了消弭日本漫畫背後的文化侵略意圖：

> **漫畫中圓潤體態、縮小比例的人物往往成為無害、單純、無危險性等等特質的符碼，讀者在閱讀中獲致心防的解除，進一步涉入漫畫中的情境或是認同漫畫中的人物（徐佳馨，2001：79）。**

徐佳馨並認為在後殖民的時代與全球化的浪潮中，日本漫畫所呈現的親和力、希望與夢想，實際上創造的是一個新的東亞共榮圈：

> **表面上日本漫畫似乎成就了一個無國界的想像世界，在這個世界中有夢想、希望與歡愉；當剝去了這一層糖衣後，獨立的漫畫工業合縱連橫之下，在漫畫外銷國的當地蠶食鯨吞掉本土漫畫，「以漢治漢」政策下的出版業者，在主導權為日方所控之下，隨時有被封喉的危險。抽絲剝繭之後，實質上卻再造了一個新的「東亞共榮圈」。殖民、後殖民在這樣的情狀之下開始模糊了，對於殖民地而言，擺脫了殖民陰影卻又得更殘酷的面對一個無感覺的文化侵略。對於日本，戰後，因普同主義和全球化的觀感，「東亞共榮」竟得以復生，豈不快哉（徐佳馨，**2001：116）。

但深究徐佳馨的日本漫畫文化殖民的論述，可見的證據僅是台灣漫畫產業充滿著、幾乎清一色地是日本漫畫及配合文化工業、文化霸權的理論，與她對於漫畫人物的符號分析，唯一算是直接、可信的證明是她引用日本人岩瀏功一所提到日本對於動漫電影的出口不遺餘力；岩瀏功一指出日本在 1980 至 1981 年世界動畫電影市場中佔有 56%、1992 至 1993 年則佔有 58%。而其他源自於日本語言出口的節目只有1%，這意味著日本的動畫影片是有意圖地輸出（岩瀏功一，2000：69）。但若我們回到岩瀏功一所引的資料文獻：Stronach 分析日本輸出的各種節目的比對表中，動畫佔有 50% 到

60% 的節目出口，同時日本動畫在西歐、亞洲都有超過 35% 的動畫影片是日本出口，因為日本動畫有高水準的製作與引人入勝的故事（Stronach，1998：143～144）[01]。但光以市場佔有與輸出比例就認為日本獨厚動畫出口，以配音的有無即認為這是日本的文化侵略意圖，則未免太過粗略[02]。而徐佳馨也未深究其資料的出處與論述過程，而直接以一套理論與意識型態連結起來，就把它當做日本動

---

01 岩瀏功一所言：「其他源自於日本語言出口的節目只有1%」是錯誤的；Stronach 的原文是「日本動畫的出口只有 1% 是以日語原音播出（Stronach，1998：144）。」為了對此做更進一步地釐清，筆者考證岩瀏功一的英文原文時，發現到上述的「其他源自於日本語言出口的節目只有1%」為此文譯者的譯誤。請參閱 *Global Culture：Media, Arts, Policy, and Globalization*，第 259頁。在這些還需要指出 Stronach 的論述主軸在於日本是如何在二次戰後發展本土的電視影集，打破美國影集在日本電視獨大的局面，而非岩瀏功一所認為的「日本動畫是有意圖地輸出」。而在岩瀏功一文中我們也可見到他並不清楚整個日本動漫畫與其全球化的發展過程，而是以文化工業、商業媒介傳播的觀點來看日本動漫畫。他所認為的日本早在 60 年代就有以動畫開拓全球市場的企圖心的說法，實際上必須回到創作者手塚對於動畫作為一種傳遞訊息的媒介的觀點重新理解。至於所謂日本經常性對外輸出其動漫畫作品的問題，在上一章裡已經有對盜版以及日本動漫畫的全球化歷程進行說明。在後文也還會對此有更清楚的分析。

02 日本動畫會被配音並不是因為日本的意圖，而是其他國家；日本動畫的出口，不是因為日本，而是其他地方的國家所引進。而且許多的日本動畫都還被張冠李戴，不同作品還被剪接為同一部作品，像《勇者ライディーン》、《超電磁ロボ・コンバトラー》與《超電磁マシーン ボルテスV》在美國播出時就被剪接成一部作品，美國不只是任意剪輯日本動畫，還主張他們有日本動畫的著作權。不只是美國，1986 年在法國播出的《キャッツ・アイ》（貓眼）連製作人員都被換成播映公司的社長與家人。許多歐洲人在這種情形下，都以為他們所看的動畫都是本國製作的，最有名的例子是《アルプスの少女ハイジ》（阿爾卑斯山的少女），一直都被當作是瑞士所製作的動畫（清谷信一，1998：45～47）。台灣以前也有隨意剪接、拼湊日本動畫的例子。而盜版日本漫畫，也都把日本漫畫人物、地名都換成中國人名與地名。相信沒有任何一個國家對外侵略是這種侵略法，反過來說，日本恐怕還是被侵略的受害者。

漫畫文化殖民的鐵證，並不足以服人。但這也不僅是徐佳馨一人的問題，對於日本動漫文化與台灣動漫畫的實況認識不清是許多人的通病。本書所分析日本動漫畫全球化所具有的意涵其重要性在於日本動漫畫全球化的推動者並不是企業與資本家，而是民間大眾。

更重要的是，類似徐佳馨的論點常常可見於媒體與日常生活之中，而此類的論說方式都不夠細膩；例如徐佳馨並未深究日本動漫畫文化的發展歷程，也未妥善剖析台灣接受日本漫畫的歷史，直接把台灣漫畫的衰弱與政府的政策和日本漫畫「入侵」畫上等號，直接以「文化工業」稱日本漫畫，視日本為「文化霸權」、動輒以「奇蹟」稱日本動漫畫的狀況，這是我們常犯的錯誤；也因為這個錯誤，我們一直沒有深入地了解日本動漫畫的發展與文化意涵[03]，當然也無法了解日本動漫畫全球化的意涵。日本並不像我們一般所認為單純的是一個「動漫畫王國」，或是徐佳馨所謂的「漫畫夢工廠」，日本動漫畫的發展與日本社會有著複雜糾葛的關係，日本的動漫畫也曾數次遭受日本各界的打擊（詳見後文對「有害漫画問題」的分析），那為什麼日本是世界上動漫畫文化最為興盛之處？

03 「文化工業」，為法蘭克福學派所提出對他們所處時代大眾文化內容與生產模式所進行的批判。法蘭克福學派認為文化工業與大眾文化是不同的，在資本主義下以商品化、經濟效益為目的而生產的商品，並不是大眾文化，而是文化工業。文化工業並沒有大眾文化所具有的文化生產性，而是上層階級對下層階級洗腦、滿足於現狀，讓下層階級失去批判現實不平等的工具。這也就是說，思考文化工業就必須回到其生產邏輯與生產者對商品的操弄等面向。那麼日本動漫畫算不算是文化工業？就本書的看法，日本動漫畫產業所依循的生產方式很明顯地與文化工業不同，日本動漫畫是大眾文化，而非文化工業。

首先要強調的是，日本漫畫文化的發展最重要的一環就是引起了社會各界與學者的關注與研究；其中，有許多學者投入了漫畫史的研究，並且都強調漫畫與社會情境、文化的關係。例如在高中時期與後來成為名漫畫的赤塚不二夫、石ノ森章太郎合作畫同人誌，後來也參與動畫製作，並發表數本漫畫；現於日本大垣短期大學、相山女學園大學與日本工學院專門學校等校開設漫畫學論的長谷邦夫（2000：12～17）認為日本漫畫的歷史可追溯到 12 世紀中期，稱為《鳥獣人物戯画》的作品——以擬人化的動物來諷刺政治腐敗的漫畫作品，《鳥獣人物戯画》的作者鳥羽僧正覚猶以細長的繪卷方式來描繪自然景物，並安排各角色的相對位置，構成了具有特定意圖的連續性畫面，表現出時間與空間的微妙安排。日本漫畫史學研究家，也是帝京平成大學教授、日本漫畫資料館館長清水勲（1999，12～71）則認為日本漫畫史的開端是 17 世紀，日本江戶時期的「鳥羽絵」，當時漫畫是以木板畫的方式大量傳播進入民間。在後來的明治與大正時期（約是 19 世紀中期至 20 世紀初期）配合了當時印刷術的發展，更是大眾重要的休閒讀物，當時的漫畫也是以諷刺時事與描繪人間百態為主。在之後二次大戰時期，漫畫則是染上了一層戰爭色彩，成為政令宣傳的工具。清水勲（2000）也表示，日本的近代漫畫，在發展初期（明治、大正時期）是受到歐洲漫畫的影響而開始的，當時的漫畫相當著重於新聞與政治時事，在明治 10 年更有了日本第一本的漫畫雜誌。吳智英（1997）認為日本漫畫是以戲畫與諷刺畫作為搖籃，但是現代的日本漫畫是以二次戰後，在日本面臨復興與發展的時期才開始的。

今日可見的日本漫畫，包括傳播到世界各地的日本漫畫幾乎全都是戰後的漫畫，二次戰後的漫畫不只是諷刺與時事漫畫；當時手塚治虫的出現，締造了當今日本漫畫成為漫畫王國的根基。

第一節

手塚治虫[04]——作為理解日本動漫畫發展史的典範

談日本漫畫之神手塚治虫的創作史幾乎等於就是對整個戰後的日本動漫畫發展史進行理解，手塚的存在使得漫畫不再只是不入流的兒童讀物，手塚對動漫畫的熱情、創作理念與他所發展出來的漫畫表現技術（更是一種技藝）帶動了日本許多人談論與創作動漫畫的風潮，使得漫畫家擁有獨立藝術創作者的地位，更讓漫畫家不是出版社的生產工具；漫畫家是基於理念與熱情而創作，漫畫的內容則是深刻地與讀者、與日常生活世界結合。日本動漫畫也因此不是文化工業，而是產自於民間、細膩的大眾文化。在本書的此節，就以手塚治虫來切入日本動漫畫發展史與其特色。

04 手塚治虫，1928 年生。本名手塚治，因為喜歡昆蟲，所以在筆名加了一個虫字。手塚治虫被譽為日本漫畫之神，從 1947 年發表《新宝島》後聲名大噪，之後不斷發表漫畫作品並受到各界青睞；同時進入大阪大學醫學專門部就讀，後來並取得醫學博士學位。在 1962 年成立「虫プロダクション」（虫製作）以製作動畫。手塚治虫生前受獎不計其數，漫畫創作量也達 15 萬頁之空前絕後的紀錄，1989 年 2 月 9 日上午 10 點 50 分因胃癌去世。1994 年在日本兵庫縣寶塚市成立手塚治虫記念館，紀念這位孕育了日本動漫畫的動漫巨人。

1）漫畫之神：漫畫與社會大眾的結合

手塚治虫在戰後（現代）的日本漫畫的發展上，具有舉足輕重的地位；手塚在 1947 年發表的《新寶島》，是將電影運鏡手法導入日本漫畫的代表性作品，在畫面上營造出遠近感、運用特寫、強調在立體空間中的動態，對當時都是以平面空間表現的日本漫畫帶來革命性的衝擊（但也曾被當時的老牌漫畫家島田啟三批評是旁門左道）。不僅如此，手塚還強調漫畫要能夠變為一個有連續性的敘事型態的故事，而不侷限於引人發笑的諷刺畫架構裡。手塚曾經這麼說過：

> **戰後的漫畫是相當受限的……多數的表現方式就像是讀者在觀看一個平面的舞台的表演。這是無法創造動感與心靈上的衝擊的……所以我用了電影的技巧……這不只是為了動作的表現與營造高潮，我認為漫畫的表現可用於許多的架構、許多的頁數……結果就是一個長篇的漫畫：500、600、甚至是 1000 頁，我相信漫畫不只是可以令人發笑，所以在我的主題中加入了哭泣、悲傷、憤怒與憎恨，我創作的故事不一定是快樂的結尾（引自 Schodt，1986：63）。**

手塚帶來的不只是漫畫技術的革命，對漫畫內容的表現也帶來前所未有的擴展，漫畫不再只是諷刺畫，漫畫變成是包羅萬象、跨越時地的幻想與創作、既是寫實又是幻想的圖畫。手塚帶來的衝擊，在日本一般稱之為「ストーリー漫画」（story manga、故事漫畫）[05]：具有連環性故事、表現人類喜怒哀樂的漫畫作品。手塚治虫並在漫畫中由特定長相的人物演出某種類型的角色；在漫畫中對人物及場景「起承轉合」的安排亦是如此（一般被稱為手塚的「まんが記号說」（漫畫符號論））。李衣雲（1999）指出在手塚的時代裡，漫畫人物的表情與造型是像電影一般化為數種特定的表現方式，在經過這種角色符號的方式後，讀者可以在一見到漫畫角色便知其所代表的立場（像鬍子老爹都是以熱血歐吉桑的角色出現）。我們在 Barthes（1997）的〈摔角的世界〉裡也可以看到相似於此的符號式表現手法，巴特指出摔角不是運動，是一種表演，而是一種經過安排的「景觀」；摔角手的行為，必定符合他的外貌、他的體態，觀眾對於摔角的期待，並不是在於勝敗，而是在於過程、摔角

05 就在 50 年代，除了手塚以外，也有辰巳ヨシヒロ、松本正彥等人致力發展與提出另一種漫畫的類型：「劇画」。劇畫是去除掉漫畫中令人發笑的、有趣的成分，改以嚴肅的、強調劇情的寫實性、是以青年以上年齡層讀者為導向的作品。劇畫不像漫畫主要以描繪人類的光明面為主，而處理人類陰沉的慾望、忌妒與殘酷等負面的情感。不過，漫畫與劇畫兩者的差異常常並不容易區分。手塚曾經在辰巳ヨシヒロ的《劇画大学》裡提出在廣義上來說漫畫的要素有：❶繪畫的要素、❷故事的要素、❸噱頭的要素。三個要素佔有 20% 以上的是狹義的漫畫，在 20% 以下的則為劇畫。但手塚也提到「在對漫畫的定義都不完全的現在，要對劇畫進行定義是不可能的。」在這邊要指出，劇畫的發展實際上還是與手塚有高度的關聯，因為這些劇畫的催生者的一個重要想法與動力是要讓那些看手塚漫畫長大的人，長大之後也有漫畫可以看。而且劇畫所依據的諸多表現法實際上也是從手塚的漫畫而來（引自石子順造，1994：81～97）。而且如果我們回到手塚本人對漫畫的說法與其創作，我們會見到雖然手塚許多漫畫是以「給予兒童夢想」為主旨，但是還有許多作品是給成人、有著豐富的哲學思維的作品，在人性的刻畫上可謂入木三分的作品，而此類的作品就有濃厚的劇畫味道，只是手塚習慣要加個「噱頭的要素」（這正是劇畫所欲去除的）。因此如果我們說手塚為劇畫的催生者也絕不為過。

手打敗與被打敗所呈現出來的意像，摔角在此猶如是一幅受難圖。而日本漫畫在手塚治虫的手上，變成了感人的戲劇。手塚所帶動的日本漫畫文化中最值得一提的還有手塚認為漫畫文化要能夠長久發展的話，就需要讓漫畫內容有豐富的資訊，手塚認為漫畫具有能夠作為當代最為有效的媒體潛力，漫畫是「情報漫畫」，也是「情報媒體」（木谷光江，1998：42～50）。最重要的是，手塚治虫帶來的漫畫革命，使得日本漫畫的製作緊密地與日本社會現象連結起來，成為一種「趨勢劇」；觀賞者也會經由漫畫的表現手法及內容，並與社會進行對話。

1989 年，在手塚治虫逝世隔日，日本朝日新聞的社論上這麼寫著：

> **外國人看日本都很難理解日本人為什麼這麼喜歡漫畫，日本人不論男女都會在通勤時間在電車上看著漫畫……對漫畫在日本會如此受到喜歡的理由是：因為日本有手塚治虫，而這是其他國家所沒有的。如果沒有手塚，日本戰後的漫畫是不可能得以如此地蓬勃發展的**（引自 Schodt，1996：234）。

手塚治虫的逝世，手塚所走過的漫畫人生，更在許多人的生命中留下永難忘懷的回憶：「不論漫畫可能會有怎樣不好的變質，我們對此都還是抱持著安心的態度。沒問題的，因為我們有手塚。但是，那個人也已經不在了。當從電視上聽到手塚的訃報，我第一次為他人的逝世流下了眼淚（菊地秀行）。」、「對任何人都是溫柔、慈祥的。手塚的作品就是充滿了他對人類的慈愛（横田順彌）。」、「手塚治虫，就是對我們這些漫畫少年來說，如同神一般的存在（石ノ森章太郎）。」、「我們這個世代的神、教導我們未來的老師、告訴我們夢想與希望的人（高田文夫）。」、「我與許多的漫畫家接獲手塚的死訊後都有一樣的感觸：『您現在終於有時間了，請您好好地休息吧！』，以全部的生命去支撐戰後漫畫的巨人，現在，靜靜地坐下來了（夏目房之介）。[06]」這就是手塚，從年少開始，一個熱愛漫畫、人類、生命與自然，一個未曾改變，將生命奉獻給創作的人。根據手塚夫人與手塚友人的回憶，即使病重到只能依靠嗎啡止痛，躺在病床上，神志清醒的時間遠少於昏迷；手塚仍然不忘漫畫：「我想到隔壁去，繼續工作。」這就是手塚生前所留下的最後一句話（大下英治，2002：612～613）。

手塚治虫，日本二次戰後漫畫之神，留下了 15 萬頁不管是質還是量都是後人所不及的偉大創作，內容從醫學、宗教、人文、社會、歷史、科幻無所不包，在日本動漫畫全球化的過程裡，手塚的作品也是各地人們的焦點與漫畫家的目標。

06　本段資料引自手塚プロダクション與村上知彥編輯，1995 年出版的《手塚治虫がいなくなった日》之手塚治虫追悼文集中的數篇追悼文。

2) 未竟志業的動畫之神：夢想作為志業的驅動力

手塚治虫開創了日本漫畫的新世紀，但是較鮮為台灣一般大眾所瞭解的，就是手塚還深切期望能成就日本動畫的發展；手塚治虫（1999a）認為動畫是一種國際語言，動畫較漫畫更能打動不同國籍的人，同時他也認為動畫將成為傳達思想訊息的一種媒體，並具有豐富的可能性[07]。為此，手塚投入了動畫製作，自費成立「虫プロダクション」（虫製作）。很可惜的是，手塚在動畫製作並未完成他的志業；因為動畫製作的經濟成本負擔過於龐大，超出了手塚個人所能承擔的範圍，導致了手塚破產，並負債達 4 億之多。但是在手塚的努力下，已經使日本動畫的風格得到初步的發展，同時培育了日後影響日本動畫發展的重要製作人才，更替日本動畫後來的發展打下了深厚的基礎。

然而手塚治虫令人敬佩的不只是他在動漫畫上的成就，也不光在於作品豐富的內涵，而是堅持夢想，訴說生命的尊嚴以及不懈的鬥志。就像是手塚治虫的好友葛西建藏說的：「手塚治虫是以他的生命來創作的。他深切地希望自己的思想能夠早日傳達給世人（引自手塚治虫，1999a：165）。」

07 在 Animation（アニメーション）的語意上，不光只是「使靜止的東西動起來」；更是具有活著的與賦予生命靈魂的意涵。

3）對技藝的崇拜與熱情的執著

在手塚治虫的影響下，日本漫畫界注重的是基於志趣的漫畫創作與漫畫家所具有的獨立性，這使得漫畫家得以發展出一套視自我創作為成就主體的價值觀，這套價值觀使得漫畫家堅持漫畫創作為一種藝術創作，尋求漫畫技藝與藝術的發展。本書認為，這種藝術的誕生是因為漫畫（包括動畫）創作者對於技藝的崇拜與熱情的執著。手塚治虫（1999b）曾經提過，《漫画少年》這本漫畫雜誌造就了許多出色的漫畫家，因為這些人都是看漫畫成長、喜歡漫畫的人。他也提到現在的漫畫家跟以前的漫畫家一個很大的不同之處在於，以前的漫畫家的生活不見得能得到保障；現在則不一樣了，但是要成為漫畫家，最重要的還是對漫畫的熱誠。「務必為了興趣而從事漫畫工作，千萬不要為了生活的保障而畫畫。」手塚他這麼說著。手塚並且強調要成為漫畫家不僅需要才氣和努力，而且最好要從小喜愛畫圖，以及喜愛構思。此外，要成為漫畫家也可以從漫畫家的助手做起，但重點並不在稿費，而在進修，並且需要各方面的知識，使漫畫的意境更上一層。長谷邦夫（2000）在分析日本漫畫類型的發展與分化的論述中，提出了日本漫畫演化出一種「漫畫插畫」的類型，漫畫插畫是以獨立的美術作品型態而存在的，同時，配合上日本動畫培育出大量的對於藝術有鑑賞力的觀眾群（就本書來說，就是指 OTAKU 此類動漫畫迷的存在），現在，日本各地常常有動漫畫創作者、插畫家的畫展，漫畫正逐漸變為一種藝術。不，或許我們更要說漫畫在手塚治虫的手上就已經是一種藝術了，但是這種藝術的型態是大眾藝術，而非以往的高等藝術。

作為日本漫畫象徵的手塚治虫，他的想法對日本漫畫界不僅是在漫畫的繪圖技藝，更在後來的創作者精神上造成了重大的影響。手塚堅持所謂的漫畫家必須具有獨立性與創作精神，他並且以這樣的想法訓練他的助手，他所居住的トキワ莊（常磐莊）則變成了日本漫畫界的聖地，許多漫畫家到トキワ莊來尋訪手塚（如藤子不二雄、石森章太郎、赤塚不二夫、長谷邦夫、水野英子等人。其中當時藤子不二雄的筆名還為「足塚不二雄」，以手塚為師、崇敬手塚之意一目了然）。在手塚搬離トキワ莊之後，就由藤子不二雄等人居住。手塚並與同伴一同創辦了《COM》漫畫雜誌以提攜後輩。《COM》有專門的投稿部門，挖掘有志於漫畫創作的新人，如諸星大二郎與竹宮惠子就在《COM》出道。此外《COM》還提供漫畫評論的投稿與相關的專輯與資訊，這在漫畫雜誌中是相當特殊的。吳智英（1997）直陳手塚治虫最大的影響之一，在於對後來創作者對於漫畫創作的想法，漫畫是一種需要熱情的志業，而不僅僅是在漫畫製作與技法之上尋求精進而已。

4）以創作者為本位的漫畫生產

以手塚治虫為代表的日本漫畫創作是以漫畫家為核心的，許多漫畫家的工作場所就是在自己家中，或是在外成立獨立的工作室（這與美國或是香港以出版社為主的體制有很大的差別，台灣則是學日本的創作方式，但漫畫家與出版社間關係還有許多模糊之處，常常有所爭執），漫畫家擁有獨立工作包括請助手的權力，日本的漫畫家與助手間的關係是師徒性質的，日本漫畫家強調的是技藝的磨練，如同中世紀的手工藝者。漫畫家的獨立並不只是 Schodt 認為日本漫畫內容多樣化的緣由，更是使得許多人成為漫畫家的原動力，特別是從小立志成為漫畫家，從小畫漫畫到長大後變為漫畫家在日本並不鮮見。也因為如此，日本漫畫題材更是常以日本與日本人的日常生活作為主題。

而且，從一開始日本漫畫發展並不只是只有朝商業方向，在手塚那個時期，日本各地就成立了許多漫畫愛好的團體，許多漫畫家就是從漫畫愛好團體出身，喜歡漫畫的人也可以在愛好團體發表作品。在 70 年代更出現了會員超過千人以上，在全國各地都有據點的同好團體；1975 年，第一屆「コミックマーケット」在東京舉辦，更是提供全日本各地的同人誌團體緊密交流的機會[08]。重點在於創作與交流，而不是謀取經濟上的收益。

日本這樣的漫畫創作方式，更是引起了西方研究者的關注。Kinsella（2000：50～57）認為日本的漫畫創作是小集團式生產，不同於工業化的生產模式。日本漫畫是以創作者為主的生產系統，漫畫家會

08 從早期的藤子不二雄、赤塚不二夫、石森章太郎、永島慎二、鈴木光明，到後來高口里純等人，許多漫畫家都有參與過同人誌製作，後來的許多漫畫家更是從同人誌出身，像高河ゆん、尾崎南與 CLAMP 等人。

成立獨立的工作室，以確保與出版社合作時的自主權，並得以控制漫畫家自己所擁有的技術。漫畫家所形成的社群與他們的朋友也會提供創作上的幫助[09]。在出版社這邊則會有專門的編輯協助漫畫家，並提供商業利益方面的建議。在日本，漫畫家與出版社是一種相互協助與角力的關係，著名的三大漫畫出版社所採取的方針就大不相同：小學館採取的是相互信任制，著重於漫畫家的獨立性，集英社以讀者投票為依歸，連續數週不受歡迎的漫畫就得下檔，講談社則是以精密的市場問卷投票，從問卷中分析中讀者的喜好，依其喜好進行編劇，編輯在此類漫畫生產與編劇中則具有相當大的權力。但是不管是任何出版社，漫畫家與編輯的關係都是一個重要的核心，漫畫家是在家中或是自己成立的工作室工作，編輯則是在出版社，兩方的合作關係是很重要的。夏目房之介（2001：160～162）則是提到日本的漫畫編輯還是漫畫新人的老師，並從作品最初的設定作業開始就協助漫畫家所需要的各種資源，與漫畫家是一種如命運共同體的工作型態。最特別的是，雖說編輯是出版社的員工，但對同時作為漫畫家對出版社的代表的漫畫編輯來說，他們是比較傾向漫畫家的立場的。而日本這樣的漫畫編輯制度的獨特性與日本漫畫的成功兩者有著深厚的關聯[10]。Lent（1989：230）更是直陳日本

09　大家可以在日本漫畫單行本裡漫畫家自述其近況或是後記中有提到他們與其他漫畫家或是同好的互動。

10　夏目房之介在此處的分析有一點需要獨立出來討論，他認為可以從這麼多的漫畫編輯的經驗（包括許多人出過的自傳與對漫畫界的分析）積蓄而成重要的理論。然而，他進行的研究所得到的回應都是同樣的回答：「不可能」。漫畫編輯會強調他們的工作是一種實地操作的職人主義的世界，重點是「用身體去記憶」。漫畫是不是無法理論化，或是理論與實際的操作無法並存？夏目所遇到的問題正是

這個龐大的漫畫藝術工業與當今的世界是處在不同的發展線上。而且相較於在其他國家，日本漫畫家與動畫創作者擁有最高的主體性。漫畫家擁有社會名聲、甚至電視和報章雜誌在面對社會、國內外事務時，還會去請教漫畫家的意見。我們可以見到，重要的是日本的漫畫家擁有他們的自主權，漫畫家並不是出版社的生產工具，他們也可以選擇自己所喜歡的出版社，或是從事同人誌的創作。

手塚治虫的努力讓漫畫文化打入社會大眾，並建構出漫畫家的專業倫理，漫畫不僅僅是漫畫家個人的藝術創作，漫畫家會經由創作走入社會、進入民間，以自己的生命和作品來與社會大眾和環境對話。漫畫家對堅持創作熱情與專業性的形成，讓日本戰後漫畫蓬勃發展，更成為當代日本文化的一個重要代表。

一個從事研究者所會不斷面對的問題：「理論與實務的關係」。當然，這不光是動漫畫研究者獨有的問題，但很明顯地，沒有多少動漫畫研究者願意會直接面對。而本書對動漫文化（不管是產業還是同好）的研究則是希望能在這個問題上有所推進、有所貢獻。

第二節 戰後日本漫畫

1) 六大時期：玩具、追討、點心、主食、空氣、符號

本書的關懷並不在日本漫畫是如何一步步建立起今日的漫畫王國，或是漫畫在日本的出版界的份量，重要的不光在市場，而在於漫畫發展與社會的連帶關係。手塚治虫對日本戰後漫畫所作的分期，對此提供相當清晰的切入點。

手塚治虫認為昭和二十年代（1945 至 1954 年）的漫畫是屬於小孩子的，是為「玩具時代」。到了昭和三十年代，漫畫則被認為是種惡書，稱為「追討時代」，漫畫給人的印象是低俗、輕薄；漫畫也因此遭到許多家長的猛烈攻擊。到了昭和三十四年（1959 年），以少年為對象的漫畫週刊剛剛創刊，父母和一些從事教育工作的人，雖是心存抱怨，但也逐漸接受只要不影響功課，偶爾看看漫畫是可以的，此時為「點心時代」。到了昭和三十八年（1963年），因為《鉄腕アトム》的電視動畫成為居家閒暇時，親子共賞的節目，此時進入了「主食時代」。之後昭和四十五年（1970年）進入了「空氣時代」，日本人已經可以接受漫畫普遍存在於生活之中。最後，在昭和六十年代（1985年之後），漫畫成為了溝通上的共通符號，是為「符號時代」（引自塩澤実信，1989：33～34）。同時，這六個時期也代表漫畫讀者消費心態的不同。就 Baudrillard 對符號消費的說法來看，就如同 Baudrillard 認為物的消費以不再建立在使用

價值，而在其符號價值。Baudrillard（1997：211～212）說：「消費的對象，並非是物質性的物品和產品：它們只是需要滿足的對象。」、「要成為消費的對象，物品必須成為符號。」從漫畫作為商品與社會文化脈絡的發展來看，日本漫畫正也是從使用價值轉向符號價值，並以其符號價值型塑主體、與人溝通。

這六個時期所承顯的並不只是漫畫史的發展，更蘊含著漫畫作為一種文化，是不可能脫離社會脈絡，而是需要緊密地與社會大眾結合起來的意義。同時，這六個時期的沿革也是日本作為漫畫王國的真正原因，而不是像徐佳馨將日本漫畫簡化為一個龐大的文化工業。必須指出，我們應該了解的、也是最重要的是，以漫畫這樣長期處於文化場域邊陲地帶的處境來說，它如何能夠登堂入室，成為日本戰後最著名的大眾文化？而且在日本的漫畫發展史上也曾數次遭受到官方與民間的壓制，其範圍之深與廣都還在台灣之上。如「有害的赤本漫畫」、50 年代的「惡書追放」、1968 年永井豪的《ハレンチ学園》（破廉恥學園）事件、70 年代的「エロ劇画」（色情劇畫）、80 年代末「〈黑人差別〉事件」特別是在已經進入「符號時代」後，90 年代還是產生了「有害漫画問題」。那麼，為何日本還能成為漫畫大國？

2）「有害漫画問題」：漫畫作為一種社會問題的隱憂

在這些與漫畫相關的爭議事件中，此處以 1990 年發生的「有害漫画問題」作為代表進行討論。因為「有害漫画問題」所牽涉的層面是數次的漫畫爭議事件中最深最廣的一次，同時，也是最能讓我們了解到潛伏於日本社會各界擔心漫畫會成為社會問題而對漫畫產生反制的事件。

1990 年在東京都生活文化局針對「漫畫界性商品化」問題所做的研究報告內容中，「漫畫有半數以上含有性方面的內容」、「其中充滿男性消費女性的資訊」成為日本媒體關注的焦點，這場風波並擴及到書店、出版社，也牽動了警方對漫畫的查緝。1991 年 2 月 22日，有書店負責人遭到逮捕；4 月 15 日，74 位同人作家與漫畫業界人士受到檢舉、逮捕（最後其中受逮捕者有 7 名），到此日被收押的漫畫同人誌達 27087 冊、漫畫原稿近一千張。出版社受到警告與停止出版更是不在少數，被指名「有害」的漫畫作品超過千本。「日本保護兒童會」以這個調查報告為武器，打著「取締猥褻書刊」的口號，後來卻變成了「漫畫放逐運動」，不過這份報告中卻有許多以偏蓋全的錯誤，採樣的方式有刻意突顯成人誌的嫌疑，另外將暴力行為等同於「漫畫是伸張男性對女性性宰制」的觀點也過於跳躍。同年 12 月，民間機關「女學會」就針對同一份資料作了更詳盡的報告，卻得到截然不同的結論（特別是針對「男性消費女性」的觀點），受到關注的少年誌漫畫中出現有關性的行為只有 6.6%；遠不如成年男性誌的 60.2%、成年女性誌（淑女誌）的 52.8% 與少女誌的 20.7%。因這個事件，在石ノ森章太郎的領軍下，日本漫畫家成立「コミック表現の自由を守る会」（守護漫畫表現自由協會），對此作出了回應。成立於 1992 年 3 月 13 日的「コミック表現の自由を守る会」的主張是：「任何人都應該有自由參加出版、表現、與流通的權利、要更積極、深入地去論述漫畫中的性表現、反對以法律進行的規範與取締」（コミック表現の自由を守る会，1993：178）。漫畫家的主張受到了許多人的支持與迴響。後來因日本政府意欲將管制言論自由法案發展成全國性立法的行動遭到各界反制，與漫畫界業者推動自制分級制度的開始的影響，這場日本漫畫有史以來引起的最大風波減低了威力，但也直到 1993 年才告結束（dasha，2001b：132～139）。另外根據篠田博之在當時（1991）總合 1990 年各項對出版市場與在學學生的調查指出日本的漫畫仍然多數是以兒童與青少年作為目標閱讀群，少年漫畫是從小學到高中生的主要閱讀讀物，成人漫畫的市場佔有率並不高，同時不管是兒童或是青少年，閱讀的並不是那些青年或是成人漫畫。他認為對於成人色情漫畫會毒害兒童的論點還有待商榷，至少不應該這麼輕易地下定論。

漫畫真的會與色情暴力有關嗎？或者看了漫畫就會如同反對漫畫的人認為會有暴力與性犯罪傾向嗎？Loveday 和 Chiba（1986）指出許多人認為日本漫畫充滿了色情暴力會對兒童造成不良影響並沒有可靠的證明。但家長對漫畫的反對反而會造成兒童的壓力。Schodt（1996：49～50）比較美國與日本的漫畫銷售量和謀殺、強暴的犯罪率後發現日本的漫畫銷售量是美國的 10 倍，然而謀殺與強暴的犯罪率是美國的 1／10。將漫畫與社會問題畫上等號實在是言過其實。不過，在這裡最重要的是日本漫畫家爭取他們的創作自主權，堅持他們的表現自由；漫畫家會憑藉著其志業與專業，進行論述與社會大眾對話，請求他們應有合理的創作權利。

3）屹立不搖的漫畫國度：「有害漫画問題」的超越

日本這個漫畫國度所依靠的不只是漫畫家，許多人都在研究日本漫畫為何能成為戰後日本最普及、影響力最大的大眾文化，其中最常被指出的一點就是日本漫畫有著豐富的題材，內容多元化。但還有一些重要的因素常常被我們疏漏掉。日本漫畫研究者夏目房之介在 2000 年受邀至德國科隆以「為什麼日本漫畫會被世界各處的年輕人所接受？」為題的演講中，夏目房之介指出日本漫畫市場的多樣性與相關的文化背景，在演講末更指出大眾社會的形成與成熟是漫畫發展的必要條件，市場與作品的走向必須要寬廣，要維持活性與淘汰，同時有成熟的讀者與批評的累積（夏目房之介，2001：208～219）。日本能夠產生驚人的漫畫文化，能夠不斷地面對各方的打壓，正是在於漫畫已成為一個公共論述的場域。吳智英（1997）在論述日本漫畫發展時，指出日本有許多漫畫評論家，而且漫畫評論在各種媒體隨處可見。同時更可見到學界對漫畫的關注，累積了極為豐富的漫畫研究。從 1960 年代開始，當時不僅是日本漫畫邁入創作的高潮期，更是漫畫評論的發展期，也出現了石子順造、副田義也等專門的漫畫評論家；1967 年 3 月專門的漫畫評論季刊《漫画主義》其創刊更是漫畫評論史上的一件大事（後於 1974 年停刊），60 年代的漫畫風潮，造就了許多專門的漫畫讀物（竹内オサム，1995：118～119）。吉弘幸介（1993）在分析日本漫畫評論發展史時指出，日本漫畫評論的真正發展是在二次戰後，伴隨著手塚治虫而登場。在 1950 年代，漫畫評論是以兒童文化和教育的觀點來作為出發點，是一種基於「效用論」，歸著於「漫畫低俗、不良」的談法。然而在 60 年代，隨著漫畫與漫畫讀者階層的變化，新的、基於大眾文化論的漫畫評論出現了。漫畫評論的發展，對於漫畫文化貢獻良多。1996 年 8 月在 NHK 開始播映的漫畫評論節目「BSマンガ夜話」是一個有專門的動漫畫研究者和不同學界的學者與各界人士參與對談的節目，每一集針對不同的漫畫作品進行評論，同時也接受觀眾的傳真進行對話。在日本許多大學也有針對動畫與漫畫開設的學術研究課程。這就是一個漫畫評論文化成熟發展的象徵[11]。面對著漫畫是否會造成不良影響的爭議，村上知彥（1998）認為處於第三者、中立的知識份子的加入，有助於讓業者能夠擁有自主性與自我檢視的功能；同時，這也是為了避免再度產生有人會想以法律來規範、限制出版這樣的危險性。

---

11 從《コミック学のみかた》（漫畫學的看法，1997，朝日新聞社）一書中可見在日本大學中有開設關於專門漫畫研究課程的學校計有 14 所（1997 年 1 月時）。日本國際女子大學教授竹内オサム在此書中也列舉了 50 本重要漫畫研究書籍供有志從事漫畫研究者參考（範圍從歷史考據、漫畫作者、漫畫文本、漫畫分鏡技術、漫畫的社會連帶、漫畫規制運動、漫畫有害論與漫畫藝術等範疇）。2002 年由數位日本社會學者，聯合文學研究者與漫畫評論家編輯而成的《マンガの社会学》（漫畫的社會學）更是指出漫畫作為學術研究的重要性與相關的豐富面向（例如漫畫作為媒體、漫畫評論與漫畫的關係、少女漫畫的讀者將漫畫人物視為另一個自我、漫畫與社會學的相連等等）。另外在動畫方面，日本也有岡田斗司夫、氷川竜介、上野俊哉、鳥居一豐、北野太乙、池田憲章、切通理作等專門的研究者與評論家。

具有創作精神與熱忱的漫畫家，豐富、多樣化的漫畫作品，形成公共論述與實踐性意涵的漫畫文化場域，這就是日本漫畫的真實面貌。漫畫文化的成就不是創作者與愛好者畫地自限、孤芳自賞所能達成，而是要面對大眾進行對話。此外，強而有力的動漫畫同好者的存在更是這樣的場域中最核心的部分。在日本的動漫同好文化中，最值得我們討論的是動畫迷「OTAKU」的實踐力。為此，後文將討論日本動畫與 OTAKU 的意義。

第三節

戰後日本動畫

日本動畫的歷史是從 1917 年的《芋川椋三玄觀番の卷》所揭幕的，在二次大戰之前日本動畫幾乎全為民族傳說、還有為政府宣傳政令的動畫作品（特別是在二次大戰期間），當時的日本動畫受到了製作成本居高不下、外來迪士尼的競爭等不利因素的影響，雖經日本政府的大力資助，最後也隨著二次大戰戰敗而劃上了句點。

1)《鉄腕アトム》：作為第一部大眾化的動畫

二次戰後由東映動画株式会社對日本動畫界的整合開始，日本動畫站上了新時代的舞台。其中最重要的作品是由虫プロダクション所製作日本第一部的電視版動畫——《鉄腕アトム》。雖然日本戰後

動畫的歷史也可以說是為東映動画在 1958 年所完成的《白蛇傳》所揭幕的，不過從《白蛇傳》後到 1962 年的數部動畫作品都是以長篇劇場動畫方式製作，未能像電視放映的動畫深入民間，特別是電視版動畫還具有一個「連載故事」的優勢；另一方面長篇劇場動畫在作品的風格上也未有革命性的突破。而從《アトム》開始則奠定現在日本動畫的基礎風格，到今日的動畫作品都不離其影響。

《鉄腕アトム》挑戰了東映動画作品被稱作「マンガ映画」（漫畫電影，主要是以兒童為主客群，內容以趣味、引人發笑為主軸）的發展取向，不再只是「會動的漫畫」，在動畫的製作上也不同於迪士尼動畫；《鉄腕アトム》隱約地顯示出動畫作品的作者性（但這直到 80 年代才算真正完成），另外也由於當時的日本動畫的製作費遠不如迪士尼，就如同手塚治虫在漫畫發展上以電影運鏡手法來繪製漫畫而改變日本漫畫發展，手塚在《アトム》的製作上用了許多的靜止畫面、在故事要結束時才強調「動作的流暢」，在動畫製作上並不強調動畫張數的使用或「動」畫畫面的流暢度[12]，而在於人物個性與故事的進展，在當時創下了超過 30% 的收視率。日本動畫評論家瀨戶龍哉說：

12 當然這種還是得歸於偷工減料的製作方式也遭受到不少非議，特別像宮崎駿更是認為這導致後來日本動畫水準無法提升的主因（宮崎駿與手塚的爭論還包括究竟什麼才算是漫畫等等）。不過這種製作法除了省錢外，還意外地，也不得不發展出一些新的表現方式、取鏡以彌補動畫張數不足的問題。

> 《鉄腕アトム》的大成功在日本引起了國產動畫的風潮，同年也出現了數部國產的電視版動畫，《鉄腕アトム》最高的收視率曾達到 40%、製作本數達 193 本，放映了 210 回，在放映的 4 年間引起了相當大的衝擊（瀨戶龍哉，2002：148）。

《アトム》不是「會動的漫畫」，手塚治虫對《アトム》的音樂與歌曲也下了相當大的苦心，除了邀請作曲家高井達雄、詩人谷川俊太郎以外，手塚更是親身參與動畫音樂的製作。《アトム》在播出後，其音樂與歌曲也受到民間廣大的迴響：「令人愉快的歌曲」、「聽了會湧現勇氣的音樂」（大下英治，2000：333～379）。以《アトム》為始，日本戰後動畫開始蓬勃發展。同時也讓日本動畫製作強調監督獨立性的發展開始萌芽。

2)《宇宙戦艦ヤマト》：具有敘事主軸的動畫與觀賞者的投入

1974年，松本零士製作的《宇宙戦艦ヤマト》（宇宙戰艦大和號）引起了日本第一次アニメブーム（動畫風潮）；動畫的內容展露了一種「意志」，一種人類在追求希望、未來與求取生存所展現出來的堅強意志。《ヤマト》這部動畫鉅作的特色是於對人物的刻畫入木三分，已經不如同像以往的動畫作品多是停留在一個表面上的簡單世界觀與人物性格這樣的粗淺層次，而是一種帶有著悲壯、深刻的描寫方式，在動畫畫面的顏色與運鏡（例如特寫畫面）上更是富有重量感，《ヤマト》更是一部敘事風格如同史詩一般的系列作品。在此，我們得提到它的原作者松本零士[13]，這是松本作品的重要特色。松本零士作品的主題是生命的羅曼史，羅曼史所指的不只是愛情，而是對生命根源的憧憬。在松本零士的自傳裡提到了他對動畫的憧憬與夢想；他還提到有一次他在夢中夢到一本迪士尼所出版的動畫製作書籍，他立刻向店家預約，還看到之前有三個人預約，分別是：手塚治虫、藤子不二雄、石森章太郎（松本零士，2002：60～70）[14]。這種松本零士式的生命敘述、強調夢想與對美好事物的追尋，也一再地出現於他的作品之中；更影響到動畫的觀賞者。

3）《機動戦士ガンダム》：動畫新世紀宣言、迷的文化的形成

1979 年 4 月 7 日《機動戦士ガンダム》的播映，讓日本動畫邁入了新的時代。日本的動畫評論家公認《ヤマト》引起了日本第一次的アニメブーム，而《ガンダム》則是帶動了第二次的アニメブーム。照南敏久的說法，《アトム》是日本動畫進入黎明期的開端，從《ヤマト》開始則是膨張期，在這個時候動畫作品的整體性與「主題」的概念正式出現。之後由長浜忠夫與富野喜幸（現名：由悠季）的作品帶動畫進入成熟期，其中富野的《傳說巨神イデオン》與《ガンダム》更是把「訊息」帶入「思想」的層次，使得動畫對

13　松本零士，1938 年生。在 15 歲時就投稿《漫画少年》並得到第一回新人王，高中畢業後原本從事少女漫畫創作，後移向少年漫畫；1978 年也開始參與動畫製作並在動畫製作上得到相當高的評價。此外，松本零士以喜好飛機聞名，1995 年還就任航空宇宙博物館名譽館長。

14　這是松本零士回憶他中學三年級時的夢境，當時石森章太郎尚未改名為石ノ森章太郎。

「歷史」、「社會」有著鮮明而深刻的描寫，使動畫具有哲學思維（如富野由悠季在動畫中的提問：人為何而生？為何而死？為何而愛？為何而戰？）。在成熟期後，動畫的表現手法、對「動態」的掌握與「職人技藝」都已成熟；同時動畫作品的走向更加多樣化，在動畫質地的深化都有相當的成果。最後由《新世紀エヴァンゲリオン》與《Ghost in the Shell》對「存在」的探索而進入爛熟期（圓熟期）（南敏久，2000：6～13）。北野太乙（1998）則是認為，《ヤマト》是許多人與日本動畫的初次相遇。數年後的《ガンダム》不僅承繼了《ヤマト》打下的基礎，更是帶動了動畫的蓬勃發展。

《ガンダム》對日本動畫的意境與內涵的可能性做出了相當的貢獻，首先它打破了動畫人物與世界觀的二元對立；《ガンダム》裡的人物不再簡單地區分為所謂的正邪、光暗的兩個陣營，它試著去把動畫裡面的人物塑造得更接近真實世界中活生生的人，想法是複雜、縝密、非單向式的（最有名的單向式動畫人物就是以「熱血白痴」為代表）；對生存意義及生命存在的刻畫甚為精湛，自此日本動畫內含的意義變得更加深邃，更也牽引了許多人對動畫的認同並且投注了更多的情感在動畫人物之上（甚至替死亡的動畫人物舉辦喪禮與建墳墓）。除此之外，在力圖擺脫二元對立的動畫世界與人物觀的同時，富野的作品也突破了以往動畫「勸善懲惡」的架構。其次，《ガンダム》同時也開創了日本另外一個動畫類別與世界觀，也就是リアルロボット（擬真機器人），有別於之前的スーパーロボット（超級機械人，關於超級機械人的部分將在後文提及），リアルロボット所強調的是這些機器人的設定的真實化[15]。還有一個重點是機器人變得是可量產，機械人不是由特殊、神秘的組織或是研究所專有，也不會有「一夫當關，萬夫莫敵」的「超級」機器人，動畫中的世界與戰場變得更加真實。對於動畫人物的描寫也變得更加細緻，也重新審視了「英雄」——這個動畫中不可或缺的重要元素的意義，英雄也是常人，有脆弱與無力的一面。

最重要的是《機動戦士ガンダム》引起了社會各界極大的迴響與爭論：「動畫的意義究竟為何？動畫對社會究竟會造成什麼樣的影響？」連朝日新聞也對這部究竟是「戰爭劇」還是「人類重生的故事」展開了論戰。而且這些問題也不只限於《ガンダム》，也問到了未來的動畫與動畫同好要往何處去。當時在朝日新聞上的「ガンダム論爭」的焦點從戰爭的意義、人類的再生（《ガンダム》裡所提出人類未來進化的「Newtype」的想像）到反映當時日本的政治環境幾乎是無所不包。在這場論爭中，動畫同好的發言佔有相當重要的位置。

1981 年更由《機動戦士ガンダム》帶動了「アニメ新世紀宣言」（動畫新世紀宣言）：

15　雖然《ガンダム》在電視版中還有許多像是超級機器人時代的機械設定（例如不具合理性的合體、變形），但已經可看出不同之處。在之後《ガンダム》的劇場版中也對這些較不合擬真性的設定，或是看起來不像機器反而是怪獸的設計（在《ガンダム》中稱為 MS（Mobile Suit）或是 MA（Mobile Armour），不一定是「人形」的機器人）做了刪減或修改。

「我們第一次得到了屬於我們時代的動畫。《機動戦士ガンダム》是超越了我們所接受的、我們所產生的這兩個面向而誕生的ニュータイプアニメ（Newtype Anime）。（中略）
現在，我們一起向未來說出誓言：
我們、因為動畫開啟了我們的時代、同時也為了揭開動畫新世紀的序幕而在此宣言　動畫新世紀0001年2月22日（引自小牧雅伸編集《機動戦士ガンダム宇宙世紀vol.1歴史編》，1998：38）。」[16]

「動畫新世紀宣言」是一場由《ガンダム》同好聚集於日本的東京車站自發性所舉辦的活動，參加的人數超過一萬人；在此，同好與製作者得到了一種一體感，動畫同好的主體性也得到了確立，也給予「迷的文化」強而有力的支持。《ガンダム》更帶動動畫同好進入業界：如在鋼彈同好口耳相傳的一本聖書《Gundam Century》，就是一個經典性的範例[17]，製作動畫變成了動畫迷的志業。北野太乙（1998）認為《ガンダム》形成「日本動畫」的敘事手法，動畫世界的設定變為更加寫實，並打破了「一人主人公物語」，更使得

16　當時作為代表宣言人的兩位，分別 cosplay 為《機動戦士ガンダム》中的人物シャア（夏亞）與ララァ（拉拉）後來都在動畫業界中活躍著。

17　此書原發行於 1981 年 9 月，由みのり書房發行，在 2000 年 3 月由樹想社推出復刻版（再版）。《Gundam Century》是熱愛動畫的一群同好進行對動畫設定的考據書籍，也是一本帶有商業性質的同人誌，這些同好考察的相關設定後來變成了《ガンダム》動畫設定的重要依據，也補充了《ガンダム》動畫中科學設定的不足，更修正了一些不盡合理之處。此書在同好與業界搭起了一個合作的模式。而且參與此書的許多人後來成為動畫或相關業界中的棟樑。

動畫的作者——監督——的地位得以確立。另外如著名的動畫監督庵野秀明、動畫評論家氷川竜介、鳥居一豐；插畫家美樹本晴彥……等人都是因為深受《ガンダム》感動而進入動畫相關業界。

《ガンダム》的生身之父——富野由悠季（原名富野喜幸，兩個名字日文發音一樣，只是漢字不同）[18]——是手塚的虫プロダクション裡面出來的班底之一。富野其獨到之處在於他致力於人物心理狀態的刻畫以及用複雜的敘事方式表達各種對當代社會、對人們的呼籲（其中最為人所知的大概就是反戰意識）。被視為是日本動畫的變革者的富野由悠季，更以作品資訊量龐大與在動畫迷間受到兩極化的評價著稱。研究「富野主義」的專門論述更是動畫研究者重要的課題：「富野監督究竟在表達什麼？」、「富野監督對動畫與動畫觀賞者的期待為何？」在富野作品中從對動畫人物善惡逆轉的設定、善惡二元對立的打破、探討戰爭的意義何在、對家族與血緣的依存與懷疑以及人類的相互溝通和心靈交會如何可能等主題，一直都是許多人思考日本動畫的重要關鍵。

從手塚治虫到富野由悠季，日本動畫監督作為動畫的作者與象徵完成了。這也是日本動畫與迪士尼不同之處。就動畫的製作來說，動

18　富野由悠季，1941年生。日本大学芸術学部映画学科畢業，富野強調動畫不只是給兒童觀賞，也可以像電影一樣有濃厚的藝術性與創作意念。富野 1964 年進入虫製作。離開虫製作後也曾製作廣告，後來加入日本サンライズ（日昇公司），屬於多產的動畫監督，也從事歌曲（筆名：井荻麟）與小説的寫作；在各方面都有豐富的作品發表。

輒需要百人規模甚至千人的龐大工作團隊。張振益（1999）在簡介迪士尼的動畫製作流程時提到，迪士尼動畫製作強調的是分工、個人專業與團體互動；其細密之分工，造就許多極端專業的人才，同時因為組織龐大，「團隊合作」的精神成為工作的最大信條。不過也因為是集體創作的關係，一些獨特奇異的個人創作意念也比較不容易發揮出來，迪士尼動畫製作強調的是各部門間的分工。不同於迪士尼，日本動畫強調的是動畫的製作者——監督——的個人空間、想法與技藝。監督的工作就是監控整個作品的進行，包括作品所訴求的主題和製作技術面上的畫面、音效等各方面，監督是動畫作品裡面的所有大小事務的最終決定者跟企劃者。這讓日本動畫跟漫畫一樣，充滿了創作者個人的熱情與意念，富野由悠季正是代表人物。說得簡單一點，迪士尼動畫作品不會強調它們是誰執導的動畫，不只迪士尼，美國多數的動畫卡通類作品標榜的都是製作公司，不是製作者。而日本動畫「誰來執導」、「監督是誰」一向是動畫製作與動畫同好關注的核心。

除了動畫監督對動畫的熱情以外，日本動畫得以在日本有深厚的發展，並且在全球各地受到歡迎，還與日本動畫的故事特色有關，其中最特別的就是超級機械人與魔法女孩。

4）超級機械人與魔法女孩——日本動畫的「王道」（典範）

什麼是王道？動畫的王道究竟有何重要性？氷川竜介在《アニメ新

世紀王道密伝書》中指出，探究動畫的王道就是回到動畫令人感動的原點，同時也是對於不同時代與感動的回溯。藉由王道，我們將了解動畫的典範，也得以了解與分析不同的動畫故事與人物（氷川竜介，2000：203～204）。

日本動畫最為著名的二個王道（典範）產生於 70 年代初，一個是スーパーロボット（超級機器人），另外是魔女っ子（魔法女孩）的出現。

從 1963 年的《アトム》開始，日本的動畫常常以科幻與未來世界作為主題，「機器人」則是建構這類型動畫世界觀的重要元素。在 60 年代動畫中的機器人多半將機器人設定為人類的朋友或是夥伴，比較特別的頂多也只是「巨大機器人」（如《鉄人28号》）。但是以 1972 年的《マジンガーZ》（無敵鐵金鋼，現在也有人譯為魔神Z）為始，展開了 スーパーロボット 的時代，而且一發不可收拾。簡單地說，スーパーロボット動畫的特色就是讓駕駛者的意識經由駕駛艙使得駕駛者等同於機器人，使得駕駛者的存在變得更巨大、更神奇；而不是以往動畫作品中機器人與駕駛者是獨立分開的個體。超級機器人的出現使得觀眾對動畫中的機械人產生了認同與共鳴（如從《マジンガーZ》以降，對機械人的動作出現許多擬人化的表現手法），也形成一種獨特的變身方式（變得更巨大與強大）。相對於スーパーロボット這類給男孩子看的作品。另一方

面也出現了以魔女っ子為主題的作品[19]。如同スーパーロボット是男孩的憧憬，魔女っ子作品則是女孩的夢想，對「變身」（變得成熟美麗）的描繪讓女孩的自我投射與認同投注於魔女っ子動畫作品中。如齋藤美奈子把特攝片與動畫世界稱為「動畫之國」，在動畫之國中有兩大的文化圈，分別是「男の子の国」（男孩的國度）與「女の子の国」（女孩的國度），齋藤就是以スーパーロボット與魔女っ子作品的特色來切入對這兩個國度的分析：

> 男孩國度是軍事的國度；是在未來，在宇宙中戰爭的世界；戰爭是為了排除異質性、是為了和平而進行防衛戰；男孩的戰爭是有組織的；男孩的變身是武裝；建國的基礎在於科學技術。女孩國度是以戀愛來立國；是夢想、星辰與愛的世界；戰鬥是為了守護珍貴的寶物；沒有特定的組織而是與好朋友形成團體；女孩的變身如同服裝表演；建國的基礎是非科學性的魔法（齋藤美奈子，1998：15～28）。

スーパーロボット與魔女っ子後來更衍生出許多分支，直至今日都是日本動畫作品的主要特色，編織出日本動畫的發展系譜。スーパーロボット發展出各式的機械人與科幻題材；魔女っ子則是為各式女性角色（聖女、女神、鄰家女孩、戰鬥女孩）的原點。在第三章中，將以スーパーロボット與魔女っ子這兩種動畫典範，結合日本動漫畫全球化進行更深入的討論。

19　第一部魔女っ子作品是 1966 年的《魔法使いサリー》（魔法使莎莉），但 60 年代總計也只有兩部魔女っ子作品，魔女っ子的風潮是開始於70年代的。

5）動畫商業與觀賞者的多元化：Media Mix、OVA與深夜動畫

再次強調，動畫的意義是「表達生命」。經過動畫的畫面與聲光效果兩者的結合，讓圖畫與影像擁有了自己的生命，其中最重要的是動畫監督的努力；日本的動畫的原創性與特殊性得以誕生。在另一方面，因為動畫本身就是文化商品，必須考慮觀賞者的消費傾向與市場收益，這更是討論動畫與動畫觀賞者所無法迴避的核心議題之一。

回到前文所提到徐佳馨對日本動漫畫的重要批判立基在於日本動漫畫是一個龐大的文化工業，這樣的文化工業運用了符號將殖民的意象化為無害的動漫人物，在這樣的觀點下，商業的運作將成為毒害一般平民大眾的有力媒介。劉維公（2001：118～122）則是指出消費文化的發展與資本主義的運作有著極為密切的關係。然而，受到法蘭克福學派的影響，文化商品化（the commodification of culture）可以說一直是關於消費文化與資本主義二者關係的基本解釋，在此文化是屬於被動、被支配的因子，文化工業的看法是「文化必須是商品」。相對地，當代出現的消費文化社會理論家則是提出文化經濟學的概念，強調文化與經濟的相互滲透，文化經濟學認為現在是「商品必須是文化」。劉維公並特別指出必須要理解符號價值（sign value）的重要性，消費的目的在於消費符號；而消費商品的生產是在創造符號價值。前文所述的日本動畫的「王道」即是代表了日本動畫作為商品的重要符號象徵。今日的商品必須蘊含著文化意涵，或是擁有美學的表現。Haug（1986）所指出的「商品美學」

正是今日眾多研究超越法蘭克福學派之處的根基之一，商品美學重寫了商品與文化之間的關係。Haug 的貢獻在於指出我們所謂的需要並不只是自然需求，有許多的需要是透過感官而來的。同時，面對這些感官所塑造的需要，人並非是完全被動無力的，這些需要必須要能夠燃起人對它的欲求，讓人覺得他的需求是真實的。而商品美學的重要之處就在於此，重點在於商品美學就是為了創造需求與欲望而存在的。商品的價值並不僅僅只是在使用價值或是交換價值上面打轉，還有商品的符號價值。在商品美學中，我們可以看到商品的力量與大眾的力量兩者的角力，而不是單方面的壓制。

不過光是從商品的符號價值或是由美學的觀點切入還是不夠，我們還需要更深入地了解動畫產業的發展與觀賞者的關係。

就動畫作為商品的方向來看，日本動畫發展的特色之一就是「メディアミックス」（media mix），這是「將動畫本體作為一種宣傳媒體、也是商品」的銷售方式，動畫公司在製作動畫時會同時展開小說、遊戲、CD 等商品企劃，組合成一套龐大的體系」；角川書店與 A.I.C（Anime International Company）是這方面的箇中好手，如《ロードス島戦記》（羅德斯島戦記）、《アルスラーン戦記》（阿爾斯朗戦記）、《X》、《天地無用》即為此類代表作品。

在另一方面，從 1983 年由押井守開創 OVA（Original Video Animation）這個獨特的動畫販售系統試著去把動畫觀賞者的年齡層區隔開之後，也擴大了製作上費用及時間的彈性。OVA 是不做公開放映而專門用來販售的作品，特徵就是在長度與製作費用上有相當的彈性，一方面可顧及作品的原創性，另一方面也較可以製作實驗性質的作品，同時我們也可見到 OVA 還拓展了日本動畫觀賞者的年齡層與提升鑑賞力及品味。在 90 年代中期後又多了另一種新的動畫播映方式——「深夜動畫」。深夜動畫並不是在於說一般常聽到的十八禁作品（以成人作為觀眾、以情色為主軸的作品），而是鎖定較高年齡層的觀賞者的動畫；深夜動畫作品鎖定的觀眾群在高中生、大學生還有二、三十歲的社會人。深夜動畫的出現也部分代表了更多的人需求更大量的有意識深度的動畫，而不只是要把動畫年齡層給區隔；深夜動畫更是對動畫尺度的挑戰[20]。OVA 和深夜動畫不只是拓展了觀眾群，日經BP社 技術研究部（1999）指出這也增加了動畫製作公司兩個確保收益的機會：①擴大市場。②增加中型規模製作公司發表作品的機會。就商業收益的層面來看，深夜動畫也有其重要性。然而，如第一章所述，日本動漫畫「不光是兒童與青少年的專利」的重要特色正是結合了文化生產與商業利益的成果。然而日本動畫發展與觀賞者的多元化，還不是日本動畫文化最重要之處。深夜動畫的出現，代表的是日本動畫文化與動畫迷文化的成熟（許多上班族無法在傳統動畫播映的時段，也就是晚間七點左右觀看動畫）。日本動畫最值得我們注意的地方，並不在於它是唯一可與迪士尼分廷抗禮的動畫產業；而是一群特殊的動畫迷「OTAKU」的誕生。

20　如《剣風伝奇ベルセルク》（烙印勇士）中許多「人頭被一刀兩斷、眼珠噴出」那般血肉橫飛的戰鬥場景就引起了相當的討論。

OTAKU 的出現，代表的是戰後日本動漫畫文化與民間的深刻結合，日本動漫畫並不是資本家基於商業利益而生的產物，而是創作者的心血結晶，動漫畫不僅僅是商品，而是具有深刻意涵的象徵符號。動漫畫作品、讀者觀眾的多元化與公共論述場域的誕生代表的是動漫畫文化與社會大眾的互動。手塚治虫和日本眾多基於志業的動漫畫創作者讓日本的動漫畫文化誕生了集「迷」、「文本」與「生產」之大成的「OTAKU」。

第四節

OTAKU：集「迷」、「文本」與「生產」之大成

在日本最有名的 OTAKU 之一、自稱オタギンク（OTAKU之王）的岡田斗司夫，他個人的生命史可謂多采多姿，除了大學時期加入社團拍攝影片，後來更聯合動畫迷創立了動畫公司 GAINAX[21]，離開GAINAX 之後在東京大學開了一堂「OTAKU 文化論」的講座課程（還有一些相關的講座課程），針對日本的動畫現象跟動畫學術進行研究並與各界人士進行對話。他本身也主持漫畫評論節目，還成立 OTAKU 藝人團體巡迴日本進行演說與表演。著作與對談集也早已超過十數本，是個充滿活力與企圖心的 OTAKU 代表。在此小

21 GAINAX，成立於 1984 年 12 月。是日本有名的「OTAKU 成立的製作公司」，公司內許多人員也都是 OTAKU 級的動漫畫同好，並拍出許多令人讚嘆不已的高水準作品。其重要代表作品有：《王立宇宙軍 オネアミスの翼》（王立宇宙軍）、《ふしぎの海のナディア》（不思議之海的娜迪亞或有人譯為海底兩萬里）、《おたくのビデオ》（OTAKU的錄影帶）、《新世紀エヴァゲリオン》（新世紀福音戰士）等。

節中，將以岡田斗司夫的「OTAKU 文化論」作為論述的基礎與對話對象。

1）為什麼要看動畫

被岡田斗司夫譽為「足以作為所有 OTAKU 導師」的氷川竜介（1998）在〈アニメ新世紀、終焉と再生〉提到動畫正處於一個「終焉與再生」的時期，同好必須了解動畫的改變、社會環境的改變，並思索自身與動畫的連帶，面對新世紀的來臨，氷川竜介說：

> 我們為什麼要看動畫呢？
> 答案很單純，我們可以從其中得到很好的感受。這就是所謂「能夠了解彼此想法」的感受、更是一種擁有愉快的情感（氷川竜介，1998：88）。

「了解彼此想法的感受」，是了解誰的感受？筆者認為這是指動畫中的人物、是動畫的製作群、是觀賞動畫的人，觀賞動畫並不只是看，而是一種了解他人感受的可能性，是與不同世界的接合，而不是封閉在動畫之中。OTAKU（御宅、おたく）一詞，原本就帶有著與外界溝通、論述之意。OTAKU 的誕生是為了打破將社會個體阻隔起來的各種障壁。OTAKU 不僅僅是動畫迷；他們喜歡動畫，但更強調觀看動畫作為社會實踐的意涵，他們認為動畫是一個型塑生活實踐的出發點，因此，他們不斷地論述、創作動畫，並與社會各界進行交流。動畫是世界之窗，動畫迷可以從動畫中獲得成長，但也必需學習將動畫世界與現實世界調合。現在，在此開始處理岡田斗司夫對 OTAKU 的分析。

2）OTAKU 的三隻眼：粋の眼（美感）、匠の眼（論理）、通の眼（通曉）[22]

岡田斗司夫認為 OTAKU 的出現是與錄影機的普及和動畫雜誌的創辦有著高度的相關性；錄影機使得動畫同好得以將影像加以保存，

22 「美感、論理、通曉」是筆者對「粋の眼、匠の眼、通の眼」的翻譯，強調 OTAKU 具有美學鑑賞的能力與文化資本，這是他們的「美感」。而且 OTAKU 具有對作品進行分解及解析的能力，就如同工程設計師一般，是從科學的角度來理解動畫，這是他們的「論理」。最後，他們對動畫文本的意義與社會脈絡具有分析的能力，並依此分析理解而形成實踐的動力，並相當注重論述溝通，他們不只是了解動畫，而是會與他人溝通，建立論述，而非封閉的族群，這是他們對動畫、對社會的「通曉」。在這邊還有必要特別對「通曉」的譯法做點説明。「通曉」一詞是筆者在1998 年為進行與草擬一份動漫研究計畫就開始使用的譯名。在 2003 年為了更進一步處理動畫文本的詮釋與文本詮釋者的主體性而閱讀 Gadamer（集詮釋學之大成的德國學者，現代哲學詮釋學的代表）的《真理與方法——哲學詮釋學的基本特徵》而更確定此譯法在對 OTAKU 進行理解是有其切合與發展性的。Gadamer 強調理解不只是對意義上的認識，還是一種新的精神自由的狀態，Sich-Auskennen（此書譯者洪漢鼎先生將其譯為「通曉」）正在於理解的諸多可能性（解釋、觀察和推出結論）裡，通曉是知識，更是對知識的運用。所有的理解最終都將是一種對自我的理解，這也意味著我們對文本或是知識的通曉。誰理解，誰就知道按照他自身的可能性去籌畫自身（Gadamer，2002：334～335）。當然，將「通の眼」譯為「通曉」，在某些程度上與岡田斗司夫的原意或許是有些出入，增加了一些東西；不過，筆者認為我們需要站在岡田斗司夫的肩上，更推進一步地思考動畫與 OTAKU，這個更進一步就是聚焦於這三隻眼上，發展出更豐富的意涵。在第四章的最後一節「新的航程：朝向詮釋學」裡還會對此做更進一步的討論。

而能對影片反覆觀看、分析動畫製作人員的技術與手法；動畫雜誌則代表了資訊的普及化及流通。OTAKU 就是「具資訊吸收及整理能力，是能適應『映像時代』的一群人」。所謂的 OTAKU 也就是在這個被稱為「映像的世紀」的 20 世紀中，所產生的新人種，換言之，就是「對映像的感受性極端進化的人種。」 OTAKU 並且是「有著高度搜尋資料能力的人」，而這些都是作為理解動畫的基本。岡田斗司夫並且指出「只看動畫的人不過是單純的動畫迷而已、並不是 OTAKU。OTAKU 是擁有對這個適應映像時代的能力，有跨領域的資料蒐尋能力，對創作者所提示的暗號一個也不漏的解讀，貪心的鑑賞者………OTAKU 並且擁有永不滿足的向上心和自我表現欲（岡田斗司夫，1996：10～35）。」

岡田斗司夫（1996）強調 OTAKU 會運用三個視角來瞭解動畫，分別為「粋の眼、匠の眼、通の眼」，這些是 OTAKU 對映像作品的「技藝」；岡田就是以此為中心、作為對「OTAKU 所見的、OTAKU 所認為有趣的」之切入點，也是依此展開對 OTAKU 的分析。OTAKU 在看動畫的時候，首先是具有看動畫畫面的獨特的美感與欣賞畫面的能力；也就是要能體會作品的美學、感受畫面的意境。其次、OATKU 有對動畫本身的技術性的層面跟理論的瞭解；具有對作品結構、組成、製作手法分析的能力。最後，OTAKU 可以把動漫畫的內容與意涵和他的生活結合起來，還更能去了解製作者隱含在作品之後的意念及作品與現實環境的連帶性。

3）鑑賞者

OTAKU 與映像時代兩者是處於一種相互呼應的狀態。岡田斗司夫在分析近代社會變遷中，多媒體與通訊技術發展時就表示 OTAKU 與這樣的資訊時代有密切關聯，而且「OTAKU 是以『快樂』作為原動力，而與資訊、多媒體產生連帶」。我們要說，確實重點在於快樂、或是氷川竜介所言「愉快的情感」。本書認為這正是使得他們既是頂級（擁有「粋の眼、匠の眼、通の眼」）、又是較他人在動漫畫中更能享受到「暢」（flow）的感受之特殊動漫迷[23]。

「OTAKU」，他們不只是站在動漫畫同好的金字塔的頂端，他們還常常在相關的產業裡扮演重要的角色。不過就其根本來說，他們的動力是「樂在其中」，進入業界雖然是一條路，但 OTAKU 也不必然與業界畫上等號。這樣的一群人至少在「鑑賞者」的位置上對動漫畫產業與文化有著重要的貢獻；簡單地說；OTAKU 擁有高度的玩家素質並且是作品的嚴格品管者。有高品質的玩家，就會有高品質的要求這不需贅言。岡田斗司夫認為 OTAKU 文化的頂點就是「有教養的鑑賞者、嚴格的批評家、強而有力的支持者」。他們能發現作品的美（粋の眼），理解作品身為職人的技巧（匠の眼），並掌握到作品的社會位置（通の眼）。而作為鑑賞者的 OTAKU 就是日本傳統的職人文化的再生（岡田斗司夫，1999：227）。

23 暢是指在工作或休閒時產生的一種最佳體驗，是人在進入自我實現狀態時所感受到的一種極度興奮的喜悅心情。在工作或是休閒時，人只有全神灌注、遊刃有餘時才能獲得暢的體驗，暢還是一種個人對意義的創造（Godbey，2000：21～23）。

4）職人文化

雖然 OTAKU 誕生於當代社會，但他們就如岡田斗司夫（1996：222～231）所表示的承繼了日本文化的兩大特徵：日本文化是對兒童自由寬大的文化，在日本文化中有一種強調大人與兒童之間是平等的關係之精神，而 OTAKU 就是在這種自由的氛圍下誕生的；其次，OTAKU 文化亦是江戸時代（西元 1603 到 1867 年）「職人文化」的正統後繼者。職人，是在特定領域內具有長年的經驗，擁有純熟、令人信賴之技術的專家，並且是能夠獨當一面，擁有自主性者。然而，職人不僅僅是一種技能與謀生的工作。尾高煌之助（2000）指出職人擁有「職人氣質」：認為自己所從事的是值得向自己、向人所誇耀的。有「為了工作而工作」這般獻身性的道德情操。職人不是職工（被他人所聘僱，擁有高超技能者）。是技能者（以自我磨練為中心，強調其擁有彈性的、整合性的判斷力），而非技術者（以客觀的、特別是與生產相關的系統、知識為中心）。

職人的技術是將自然萬物視為生命而進行的創作技術。鍛煉師會說：「鐵是活的東西」、陶藝師會說：「土是活著的」。相對於近代將人的主體與自然切離開來的技術，職人的技術強調的是自我與自然的交流，而非去區分主客關係。職人擁有「聽到自然生命之聲的能力」，而這也是日本近代明治時期能快速工業化、讓今日日本擁有各項高品質產品的原因（エス・ビー・ビー編集部，2001）。從中沢新一（1989）對職人的描述中，我們更可以見到「職業」是以「追尋」作為基礎而建立起來的實踐行為，在日本社會的職業觀中，職人是一種普遍性的存在，所有的職業皆有其職人。一般來說，職人的分類是依據其職業類屬與技能，但中沢更指出職人在工作中的表現並不只是一種工藝學上的精純，職人的技術與工具不過是媒介；職人真正的工作是追尋「真理」。井戶理惠子（2001：172～182）由日本的自然環境、神話與食米文化談起，指出日本人的行動與宇宙觀是「由手做起」，與西方人說的「First step」有著根本性的不同。「由手做起」就是日本人理解世界與世界進行接觸的方式，這讓日本人發展出強烈的美學價值觀，做出美麗、精巧的物品。職人所追求的是以「自然作為本質」的事事物物。就如同科學家所追尋的真理一般，職人有著對於其技術自負與責任感的職業意識，是對其工作異常的熱愛與強調律儀的人。日本社會學者間宏指出日本人的職業意識的歷史必須從江戶時代看起，這是混合了日本民俗信仰的八百萬神、祖先崇拜、佛教、儒教與朱子學而誕生的。江戶時代造就了日本職業集團的職業倫理意識（島田燁子，1990）。

江戶文化是日本第一次全國統一下造就而成的文化，文化也不再是由貴族或是武士階級所獨享。江戶文化是日本前近代文化發展的頂峰，一方面是日本傳統文化的頂點，另一方面又產生了商業經濟的文化，其交通、城市與商業的興盛是前所未有的。民眾生活水平的提供也刺激消費品的出現，產生了城市民眾文化：小說、詩歌、戲劇、美術第一次進入人民的生活（高增杰，2001：200～244）。

從江戶時代開始，日本的大眾文化就沒有商品宰制的問題，因為他們的大眾文化自始自終都是由民間所推動的，江戶時期所謂的「町人社會」（商人階層的興起）也是重要的因素。從事比較文明論，以發展出一套「日本學」享有盛名的梅棹忠夫（1986：102～107）指出創造了以都市為中心的消費文化和工業發展，町人社會集合了商人與職人的力量，讓日本的大眾消費社會得以萌芽。其中出版界與出版物的興盛，足以稱之為大眾消費現象的先驅。我們可以見到日本大眾文化強調的是「技藝」，同時最足以堪稱為戰後日本的大眾文化就是動漫畫，對日本來說，商品的發展與文化的發展息息相關，並沒有像西方世界出現文化工業的論述方式，日本人特有的大眾文化形式巧妙地避開了商品與文化的爭論。如王勇（2001：385～395）認為江戶時期的町人文化的興起真正重要的因素並不在商品經濟與都市化的發展，重要的是當時庶民階層的知識水平的上升與人文精神，由此伴生的自我覺醒、反省傳統、講求公德、發覺理性、尊重科學、熱愛生活等傾向，構成創造新文化的重要動力。文化不再為上層階級所壟斷，而是根植、誕生於民間。

職人文化是一種求道的精神，是強調特殊性、經由各宗各流各派的競爭而提高水平的表現方式、是以技術、技能作為最終目標的生活方式。它是體現在以實用為目標的日常生活之中，而非尋求哲理性的原則。在江戶時代由於社會生活的穩定，求道是一種全日本國民都體驗到的一種精神、是每個人都可以實際追求的目標而使得職人文化得以擴展；而職人文化更是日本得以快速吸收近代西方科技文明的重要根基（黃文雄，1992：176～181）。這樣的職人文化更是由日本原始神道信仰所孕育而成的「八百萬神、一神一技」思想的具體表現，因為一神一技所以使社會尊重有技藝者稱為「先生」；真正是職業不分貴賤的實在表現，也提升了日本社會發展的生命力與活動力[24]。

因為崇拜眾神（日本宗教並未如宗教進化論所稱多神教會演變形成一神教），對外來文化及思想的接受力與吸收力也強；從吸收漢唐文化到西方文明，這樣的寬容性與創造力都來自於神道精神。著名的全球化研究者 Robertson 在研究日本何以在全球化時代裡佔有重要的角色時，特別強調我們絕不能忽略掉日本宗教的重要性，Robertson 表示：

24 當然，職人文化並未消失於於日本社會，也不光是在動畫之中才可見到；OTAKU在整體性的發展與定義上，也不能光侷限於動畫之中。或許我們可以由一些日本的電視節目來切入，這樣大家會清楚些：如《どっちの料理ショー》（料理東西軍）節目中每集必出現的「仕事人」、《愛の貧乏脫出大作戦》（搶救貧窮大作戰）的「達人」，都是職人文化的具體表現。特別在《どっちの料理ショー》中許多仕事人的家族都是從江戶時代就開始他們的工作而傳承至今。值得我們在細究的是，對於仕事人的介紹都會強調其年齡與從業時間歷程，並描繪出仕事人的生命史，這是一種從事於生命實踐的職人生命史。另外如《電視冠軍》與《超級變變變》則都可見日本人對於技藝的執著，對於他們生活細緻的要求，不斷地挑戰極限，而且並不只有是職業的專家，而常常是以興趣為出發點，像電視冠軍的多數參賽者並非是專業領域的工作者，但他們所表現出來的專業與細膩度都是令人驚歎的。對日本來說，「由小見大」這是他們的重要的文化特性，這個特性也就是職人文化。

> **日本宗教是一種有內聚力的、相對自主的整體，儘管其存在表面上的異質性。第一個特徵，我指的是日本人的信仰調和主義這種特殊性格；第二種，指的是我稱之為日本宗教的基礎結構和宗教本身的基礎建構意義所具有的復原力**（Robertson, 2000：134）。

作為奠定日本民族文化根基與核心的神道其重要特徵就在於不斷地吸取外來的養分，同時又能保有自身的獨特性。神道思想更促進了日本民族強烈的現世性與務實性。王守華（1997）更是認為許多研究日本現代化提出的「儒學資本主義」、「集團意識」、「家族主義」、「拿來主義」等說法的背後，尚有一個更為深層的因素，也就是日本的神道。即使日本已進入後工業社會、信息時代（資訊時代），但神道仍然對日本人民的生活有著重要、深刻的影響。

另一方面，職人文化的發展又來自於傳統日本家庭用加深本身成員與外界的鴻溝、並縮短自身成員彼此間距離來形成對家庭的依附與認同的集團意識。造成了各領域之地域性及特殊性的強烈差異，也帶動了日本民族在各地各行各業間「匠人」的分殊發展。日本的家庭是從領地組織與大家族集合體轉變而來，在江戶時代構成了日本社會的基礎。日本的家庭囊括了親屬關係、經濟和宗教各方面，並將這些方面合為一體。傳統日本家庭有一個重要特徵，就是在血緣的親屬關係與人為的親屬關係之間並沒有太大的分別。像收養就普及於日本傳統社會之中，收養一般有兩種情形：一種是為了保證家族的延續性，在親族中找不到合適的繼承人時，就將對象擴展到非親族上；第二種情形是為了培養家業的繼承人。日本家庭強調的是個人對所在家庭的認同，而不僅止於血緣。李國慶（2001）就指出日本傳統家庭不僅是一個親緣組織，而是首先是一個像企業一樣的經營體，能力主義成為最根本的原則；這點也是與中國家庭以血緣形成私人連帶的差序格局不同之處。肖傳國（1997）也提到日本的家是一種超越家族成員生死而存在，以經營家業與家產為核心的經營體。日本這種超血緣性或者模擬血緣關係的集體，是日本社會組織和團體的一個重要特性。

在日本的家元（專指有某種特殊技藝者的家庭或家族）制度中，所強調的師徒傳承、主從關係更是遠較中國的師徒制來得嚴格，在中國，師徒關係往往會為親族關係所沖淡（尚會鵬，1993）。島田燁子（1990：153～158）也提到職人的世界是與強烈的家職意識緊密相關的。在諸多關於日本家庭的研究中，我們可以一再看到家庭作為創造與反映日本文化所具有的一種務實性格。這種務實性格正是日本職人文化的根基。

OTAKU 文化就是職人文化，是一種求道的表現，是鑑賞者的實踐。在德川幕府之時，由於黑船打破了日本的閉鎖狀態，加以日本大量引進西方科技文明而使得江戶時代的職人文化斷絕了（我們可由日本政府在明治維新的「文明開化」——拋棄過去的文化，徹底推行西化的政策了解之[25]）；而這樣的文化卻在戰後由動畫迷族群加以重現了（岡田斗司夫，1996：229～231）；而經第一、二次動畫風潮所產生的「OTAKU 世代」也大量地以他們的熱情投入了動畫製作工作之中。如果以德國社會學家 Weber 的話來說，OTAKU 就是把動畫作為一種「志業」的人吧！

5）OTAKU 的實踐力

職人文化是一種個人生命史的實踐文化，那麼 OTAKU 呢？我們可以見到在岡田斗司夫的「OTAKU 文化論」中的一個核心要點是「只有才能是成不了 OTAKU 的。要成為 OTAKU，在經濟、時間和知性上都要有天文數字的投資。努力、精進與自我表現欲是開啟 OTAKU 之門的鑰匙（岡田斗司夫，1996：34）。」岡田斗司夫認為 OTAKU 不只要專精於動畫，為了接觸以及更了解動畫，他們必須吸收接觸各方面的知識，OTAKU 在觀賞動畫時就是進行一種情報戰，OTAKU 是各行各業中的菁英份子，是「內行人」。岡田斗司夫在此處提出了一個極為精采的問題：「為什麼 OTAKU 會看子

---

25 黑川紀章（2001：68～77）認為 21 世紀是一個「共生的世界」這個世界的新秩序將是「共生的秩序」，日本需要從傳統文化中尋找出其「共生的思想」，而共生的思想與日本的傳統思想與審美意識有著深厚的關聯性。黑川紀章認為這種共生的思想在日本近代化的過程中，被視為是非現代的而受到排斥。然而當下的議題是要從「機械的時代」到「生命的時代」，脫離西歐中心主義（包括與其緊密相關的，暗示西歐優位論的普世主義）與近代的理性主義；必須有一種脫離二元論價值觀的「中間領域」的出現。「中間領域」象徵的是一種共生與榮與變異性存在的可能。其中的一個可能就是職人的存在。

供番組（兒童節目）？OTAKU 是不是長不大的小孩？」岡田斗司夫指出，OTAKU 是能冷靜解析動畫中具有意義的面向，重點在於從自己喜歡的事物中去實踐自我。OTAKU 不是成年人的幼齡化，而是會去形構自己想要的文化，真誠地面對自我、追尋自己認為「有趣的」事物。為此，OTAKU 對市場與各類資訊極度敏感，根據 OTAKU 所擁有的知識與技藝，OTAKU 致力於分析與發放情報資訊，OATKU 就是「情報資本主義社會的領導」（岡田斗司夫，1996：36～49）。

但這會不會是一種單向式的、一廂情願過度樂觀的想法？相信我們還需要處理與 OTAKU 相關的一些問題，這樣將會讓我們更清楚何謂 OTAKU 的實踐力。首先回到職人文化的根基：神道與家庭。這兩者是日本社會構成的重要根基，也是日本民族在許多事物上造成「矛盾」的根源。日本的矛盾性就如同華盛頓記者 Rauch 所提：「如果你藉閱讀來了解日本，你會得到兩種互不相容的畫面。然而，來到日本，生活在日本，你得到的仍然是兩種畫面，這兩種畫面依然互不相容。你既感到平靜，又感到震驚。」（Rauch，1994：45）幾乎在每個關於日本文化的討論與研究中都會指出日本文化的最大特徵是多元性與各種矛盾的和諧共存。那承繼了這樣一個道統的 OTAKU 文化，它的矛盾性位於何處？

OTAKU 得以形成的近因之一是由於資訊的流通及OTAKU需時常與他人進行情報交流與意見交換。但在 OTAKU 族群中卻出現了一種如李衣雲（1999）所言的「繭居型人類」（這也是李衣雲對OTAKU 的中譯名）；他們封閉在自我的空間、疏離了人際關係、對社會共同體的規範漠不關心、迷失在動畫的亞世界（Subworld）之中。當然這個問題在日本動畫界中早已被人發現，但一直是在檯面下沸騰不已，在檯面上避而不談的。引爆這顆潛伏已久的巨大炸彈是 1995 年 10 月開始播映，與《宇宙戦艦ヤマト》和《機動戦士ガンダム》齊名的《新世紀エヴァンゲリオン》（新世紀福音戰士），此作的監督庵野秀明以自己多年來身為 OTAKU 的心情與回顧表現在作品之中，具自閉性格的主角碇シンジ（碇真嗣）正是許多動畫迷的寫照。中島梓（1991）認為當代的人都是得了「溝通不良症候群」的一員，而 OTAKU 可謂之典型代表。所有OTAKU 的基礎與共通之處在於媒體，而且在媒體中所得到的全部都是屬於「虛幻的」結局。中島梓認為 OTAKU 並不是反社會性，他們是了解現實社會規範的兩重適應者。但 OTAKU 的問題在於他們選擇了幻想性的社會規範，造成了與自我和創作力的分離，他們拒斥現實，活在自己所架構的、小小的虛幻空間之中。接續著這個論點，關西大學社會學教授岩見和彥（1993）在〈いまどきのマンガ文化〉（當下漫畫文化）與〈〈おたく〉の社会学〉二文中，指出動漫畫已變成青少年的認同對象與共通語言，動漫畫中對「現實原則」的規避使得動漫畫變成一個避難所。OTAKU 則脫離了人際關係的脈絡、捨棄了現實世界的價值觀，對自己獨自生存的世界有著高度的忠實，岩見和彥認為 OTAKU 尚未成熟，陷入自己所幻想的場域中[26]。

精神科醫師齋藤環（2000）更談到了「OTAKU 的精神病理」：對現實認知的薄弱化、欠缺一般的常識、對虛擬事物有高度投入與倒錯的性欲（理想的性對象是動畫中的女性人物）。他並以動畫迷的自白提到了當動畫迷陷於動畫世界中無法自拔及對自己產生的自我嫌惡。在齋藤環與東浩紀的對談中，更討論到當 OTAKU 主動地陷入虛擬世界之時，對在動畫中那些外貌奇異的女性產生了曖昧的情感；OTAKU 的重要問題在於 OTAKU 對象徵符號與想像的區分力相當薄弱，對屬於想像的性別與性慾與現實的性別與性慾無法區分（引自東浩紀，2000：29～32）。但在 1996 年由一群出身於 OTAKU 的動畫製作群所執導的《機動戦艦ナデシコ》（機動戰艦 NADESICO）則又以另一種角度來檢視了受第一、二次動畫風潮影響下之動畫迷的回憶：「在動畫中所體驗的美好感覺是真實的，即使他人無法接受，但我要為我自己所喜愛的事物而付出，這是沒有任何人可以加以否定的[27]！」我們可以看到將 OTAKU 視為自

26 值得注意的是岩見和彥（1993a）強調 OTAKU 或是二次元癖好者（對二次元空間、動畫、漫畫人物著迷者）都是一種過度沉浸於媒體所產生的現象，這也是在新媒體時代來臨後產生的一種社會病理現象。同時，岩見和彥（1993b）也指出這也與當下社會對於「現實」這樣的概念的改變有關。以前的社會是「整合型社會」，個人的現實（r）內存於社會的現實（R），在之後的多樣化社會裡，社會的現實（R）已不再能包含所有的現實領域，個人所認知的現實也不再完全受社會現實（一種至高無上的現實）所牽制，也會超出其外。最後，在「OTAKU 化社會」裡社會現實變成由個人所建構（Ri、以個人為中心且凌駕於社會現實的新型態的現實），每個人有不同的 Ri，而且互不相關。

27 《機動戦艦ナデシコ》的製作人南極二郎就曾表示《機動戦艦ナデシコ》是：

閉者，逃避社會共同體規範的論述，但 OTAKU 不光是這些人所認為不成熟的青少年，這些 OTAKU 世代還擁有行動與實踐的熱情，許多 OTAKU 後來變成了動畫製作者。以《新世紀エヴァンゲリオン》主角碇シンジ為例，就是動畫迷對自身反思的呈現。許多動漫畫同好、OTAKU 會基於對動漫畫的熱愛來集結在一起對動漫畫進行討論、製作、甚至於研究。在日本，有相當多的同好團體是以討論或研究作為主旨，常常會發表純文字解說、評論或對動漫畫感想的同人誌；還有像 データハウス（Data House）出版了一系列由日本的各動漫畫社群所寫的動漫畫的評論書籍，如《機動戦士ガンダム》、《機動警察パトレイバー》、《ああっ女神さまっ》（幸運女神）、《美少女戦士セーラームーン》、《新世紀エヴァゲリオン》，還有許多動漫作品都有由動漫畫同好所寫出來的解說書籍。在データハウス所出版的近百本動漫畫討論研究書籍中，有超過 2／3 是由動漫畫同好社群所著述。

OTAKU 並不盡然是李衣雲等人所認為的自閉者；大塚英志在 1992 年對日本 OTAKU 所做的調查顯示：OTAKU 在人際交往的友人數多於一般人（在 10 歲到 30 歲的年齡層裡，一般人的異性友人數平均為 2.8 人，OTAKU 則為 6.9 人）、他們善於社交活動，月收入也較高（在 20～30 歲的 OTAKU 平均月收入為日幣 227000 元，一般 20～30 歲者平均月收入為 166000 元）、有許多人為工程師與醫

「在《宇宙戰艦大和號》中搭載《福星小子》的傢伙們，開著《鋼彈》戰鬥著，也有《蓋特機械人》出現。」（引自 RuriLin，1998：56）

師、看電視的時間也較一般人短，並有多項興趣，並非孤僻自我封閉的族群（引自岡田斗司夫，1996：37）。的確，李衣雲所談的「漫畫的多角關係：書、讀者、畫者、世界」，這是在台灣對於漫畫學術研究的重大嘗試。李衣雲對於漫畫的構成、漫畫與閱讀者的連帶性、漫畫迷的心態特性都做了一番深入的解析，對於有興趣深入了解漫畫的人可有相當程度的引導作用；但她整體上過於強調漫畫在文化場域中由邊陲地帶到以社會及經濟資本（利益）的擁有而將漫畫在文化場域生存正當化的歷程及新生代與社會共同體連帶的曖昧性而投入擬像世界的剖析；而卻忽略了漫畫迷未來需如何建立自處之道的問題。她看到了繭居型人類，卻沒有看到更多動漫迷正向的成長（中島梓與岩見和彥有著與李衣雲類似的問題，只是這二人是有尋找、但得不出解答）。

探討 OTAKU 的意義就是對動漫迷重新加以定位與進行更深入的理解。動漫迷在整個動漫畫與動漫環境中的位置在哪裡？本書認為動漫迷不只是一個被動的接受者，日本動漫畫今日會如此成功，不只是製作者的努力，動漫迷對動漫畫的要求與深入更是重要的因素。動漫畫同好不斷地深入動漫畫，對自己、對動漫畫進行解析，並組成團體；在團體中形塑出自我與動漫畫的不斷再生，這也正是日本動漫畫蓬勃發展的重要因素。動漫畫包羅萬象，有著豐富且深遠的意涵；在動漫畫中，同好將變得更加成熟。同好不只是同好，他們也有對產業進行回饋的能力。文化的接受者不只是被動的接受者，也要有能力對產業進行回饋。不管是提供批評或是進入業界，這正是 OTAKU 的重要意義。

日本動漫畫的在地實踐與其創作方式和動漫畫愛好者有著密不可分的關係。存在於日本動漫畫中的是一種強而有力的在地實踐力，這股力量使得日本的動漫畫、動漫畫創作者與動漫畫同好緊密地結合在一起。

第五節

迷的文化

1）作為行動者而非純然接受者的迷

提到迷，一般我們就會直觀地去聯想到大眾文化；Fiske 在《理解大眾文化》一書中談到大眾文化的迷具有他們的生產力，「迷」意謂著他們對文本的參與是主動、熱烈的、狂熱的、參與式的。他們的著迷行為會激勵他們去生產自己的文本。Fiske 認為迷有能力將原始的文本化為一種文化資源，從中可以生產出新的文本：如肥皂劇觀眾對劇情的預測、投書、影迷與歌迷對影歌星的模仿、甚至是科幻劇影迷拍攝的影片等等。「迷」所具有的文化能力越強，就越能夠識別出每一個鏡頭的原始文本與語境，他們從其中建構意義與快感的資源也更是豐富。讀者是文化生產者，並非是文化消費者（Fiske，2001：173～179）。

動漫畫作為一個富有娛樂性的大眾文化，它是 Fiske 所提出的生產者式（producerly）文本，在本質上不要求讀者要能創造意義，但又是容易了解、又具有開放性，可依照不同個人自身的經歷、想法來加以解讀的[28]。當然，動漫畫的迷與 Fiske 所談的迷也有著許多的相似之處。

作為主動閱聽人論述代表的 Fiske，他的論點不只是認為讀者或迷可以文本中自行創造樂趣，同時還隱含著一種「抵抗」之意（像是消費者在購物商場「閒逛」而不購買），這種談法已受到許多人的質疑；認為這終究只是一種遊走於邊緣的反抗、盲目的樂觀[29]。Fiske 的論點有其重要的貢獻，但需要指出的是並不是多數人都能進行著如 Fiske 打游擊戰的方式，或是擁有對大眾文化進行解讀的能力，最重要的是 Fiske 的論點強調超越文本，那我們為何還需要文本？Fiske 所提出的回答仍舊停留在二元對立的思維上。但是動漫畫的迷（特別是 OTAKU）是一種經歷過像是岡田斗司夫所提的「進化的迷」。以日本動漫畫的迷作為對象，我們將發現幾點不同之處；①從來沒有一種文本能創造如此龐大的跨文化的迷；②「迷」不僅

28 生產者式（producerly）文本是Fiske（2001）以羅蘭・巴特提出的讀者式文本（readerly）——吸引在本質上傾向接受、是被規訓的讀者，文本本身易於閱讀，對讀者要求甚微——與作者式（writerly）文本——會邀請讀者參與意義的建構，但常常是艱澀難懂——為基礎建構出的一種認為大眾文化之所以可以創造意義的文本類型。

29 如 Seaman 認為主動閱聽人理論根本就是「盲目的民粹主義」（pointless populism），Curran、Seiter、Murdock 等人都指出 Fiske 不顧結構性的控制力量，容易為消費者主義整編、有替好萊塢支配全球電視市場背書的危險（引自魏玓，1999：95～96）。Bocock（1995：163～165）也指出像 Fiske 實在是高估了他所謂能對抗商家、西方資本消費主義的走街人（shopping "mall walkers"，只是不斷的逛街、不買任何商品的人）的力量。在西方資本主義中，這些對抗似乎是很容易被收編的；它們確實是很有趣的副現象，但對消費主義及其相關的實踐並不構成真正的打擊。

僅是迷，也不只是打游擊戰，而是直接登堂入室超越了商業的傳播機制；③如前文所述，很少有一個文化能與觀賞者如此接近，並形成了另一種傳播與實踐機制。大量的同人誌與 cosplay 讓日本動漫畫在全球各地綿延不絕。④本書所提出的 OTAKU 更代表著：「大眾文化確實是有其創造力與對個體的積極意義，但誰有能力作這樣的事？恐怕還是從大眾文化中產生的菁英份子。」最有意義的是，相較於傳統我們所謂的菁英，這種大眾文化中的菁英之形成是具有更大的能動性與主體的選擇的，而不再是由階級、種族所決定。

依此，我們可以將迷的文化視作一種迷的日常生活實踐與策略，de Certeau 的 *The Practice of Everyday Life* 可算是這方面的經典之作。de Certeau（1984）在這本書的導論中一開始就清楚地說明了他的目的在於揭露操作綜合的系統（systems of operational combination）及所構成的文化，同時也是為了說明在社會中被支配的這些使用者的行動模式（美其名，以委婉的詞來說是消費者）。日常生活的構成是透過無數對他人的財產進行挪用所創作出來的。日常生活中所出現的各種挪用，就是弱者借用了強者的力量的巧妙方式。de Certeau 區分了戰略（strategy）與策略（tactics）這兩種 ideal type 作為分析的基準點，戰略是對權力的計算或是操縱。戰略指的是一個空間性、整體性、有清楚界線的思維方式，戰略的首要工作就是從其所處的環境中確認自己的位置、政治、經濟、科學理性等範疇就是由戰略思維所建構的（有一定的權力關係與「自己的」領域）。戰略就是一種主導性的力量。

相對於戰略，策略所談的是無界線、流動、時間性的思維；沒有固定的所在地，依賴並巧妙地運用機遇，策略是弱者的藝術。我們所謂的日常生活，一般人（ordinary people）所擁有的就是策略，策略不盡然會服從戰略所建構出的空間法則，在策略的運作下，可以達成以小搏大的勝利（victories of the "weak" over the "strong"），而不盡然是組織或是資本稱霸。策略就是弱者的藝術。de Certeau 並以消費為例指出，統計、管理或是分類這些戰略式的做法，只能計算「什麼被使用」，但是無法知道「使用的方式」，消費者並不只是消費，他們會在消費與消費物上創建專屬於自己的意義（de Certeau，1984：XI～XXIV、29～37）。

Bukatman（2000：159～161）認為 de Certeau 的貢獻就在於展現了主體在系統中的生存之道，而且主體還擁有動搖系統的能力。de Certeau 對於敘事作為一種實踐的主張更是重要，敘事可以產生行動，而不僅僅只是意義的連結。Berger（1997：28～35）更認為在策略的運作下，一般人得以使他們以日常生活作為武器，去顛覆管理機構的權力與消費文化，在 de Certeau 對敘事的分析下，讀者的角色是重要、積極的，人們並不會消極地受到媒體的宰制，人們會有許多組織所意想不到的解讀與行動。

迷不只是接受者，而且還是行動者；動漫畫迷不是只看動漫畫，而是會有自己對動漫畫的想法與實踐。迷的文化所代表的是一種在日常生活中擁有生產力和實踐力的可能；這種可能在日本動漫畫的生產與全球化中清晰可見。迷擁有他們的戰略與策略，不是對立於文本，而是與文本結合，這種可能與實例就是 OTAKU。

2）同人誌

同人誌是日本動漫畫迷文化中最重要的一環，一般我們談到同人誌所聯想到的就是同好創作的作品，不過本書還要從整個動漫畫文化與生產的角度來分析同人誌的意義。林依俐提到「同人就是指『志同道合的人』；同人誌，就現狀而言我們可以直接說它是指『自費出版的書籍雜誌』。而同人的世界裡，除了表現方式不限，能表現的內容更是無限（林依俐，2002：69）。」這種強調自由的創作精神，也正是日本動漫畫創作者的精神。同人誌不只是自由創作精神的實踐，也是讀者參與重寫文本的實踐，重寫讀者與文本的關係，日本的同人誌並不只是以漫畫故事呈現，許多同人誌還是深刻的評論集，是一個多樣化的文本；同人誌更是提供一個非商業管道的發表途徑。岩田次夫（1998：301～310）指出「コミックマーケット」的創辦理念就是強調追求作品表現的可能性，「コミックマーケット」正是實踐這個可能性的地點，更是資訊、共同性與認同感交流之處。而這正是コミックマーケット的催生與準備會代表米沢嘉博（2000）所提到コミックマーケット能成為一個不斷產生新的可能性與交流，變成了世界最大的漫畫祭典的原因。

不過，這裡所要談的是在於同人誌讓日本動漫文化與觀賞者結合為一的意涵。日本動漫畫與西方電影或是好萊塢的不同之處也正在這裡，若是要畫好萊塢或是迪士尼的同人誌可是會挨告的。而日本動漫畫是一個開放的大眾文化，文化的生產並不侷限於商業機制與出版商，而在於對文化有興趣的人。當然，我們也可以見到有些從同人誌作者而被出版社相中，成為職業漫畫家的例子[30]。但是我們更可以看到許多職業的動漫畫家也是同人誌創作的常客，同人誌提供這些動漫畫家一個直接與讀者接觸的機會，而不必再假他人之手。

同人誌不只是同好結成的社群創作，漫畫家也藉由同人誌來聯絡感情，結成漫畫家社群[31]。漫畫家在此也是同好，許多動漫畫家更喜歡把別人的作品畫成同人誌，因為他們自己也是動漫畫迷。還有的動漫畫家重寫自己的故事改編為同人誌，甚至將在商業媒體上發展的作品重新集結出書（因為作品的著作權在他們的手上，而不是出版社）[32]。同人誌研究家**阿島俊**（1997：12～13）提到許多同人誌的內容與作畫已經不會輸給商業作品，而且也有越來越多的商業誌作家投入同人誌的製作，重點不是金錢、而是為了訴說自己的想

30 有時同人誌的創作者不一定會進入業界，而是獲得業界的認可與協助，像高橋留美子同好會對高橋留美子作品進行考據時，就得到小學館的資料協助。

31 如集英社旗下的許多漫畫家就喜歡做出像是漫畫家社群留言本的同人誌，一方面做社群交流，另一方面也讓讀者與漫畫家交流意見。這類的同人誌有時還會針對特定作品，邀請不同的業界人士提供作品，甚至舉辦座談（如おきらく堂的《Nervtype》，就是針對《新世紀エヴァゲリオン》的研究型同人誌）。

32 像漫畫家真鍋讓治就畫了動畫《ダーティペア》、《VANDREAD》與《To Heart》等作的同人誌。真鍋讓治也將自己的漫畫作品《銀河戦国群雄伝》畫成同人誌。而大槍葦人、好実昭博都將自己在商業雜誌上的插畫作品做成同人誌畫集。

法、純粹的為自己而畫。對讀者來說，同人誌也有不同於商業誌的魅力、可以以讀者的身分去探究作品，所以就出現了許多有趣的企劃與研究心得。同人誌作品是趣味、體現自我的存在，更是與其他同好的溝通交流，這就是同人誌的魅力。這種魅力也是為什麼不僅是台灣[33]，也是近年來世界各地有許多人迷上日本動漫畫後從事同人誌創作的原因。

日本動漫畫的同人誌文化並不能光以同好的面向來看，當我們深入其中，見到的是日本動漫畫文化發展的重要根基，在這裡談的不再是商業或是非商業的問題，重點是大家都熱愛動漫畫，並且將由對動漫畫的創作實踐來體現自我。同人誌是：「文化參與者、創作者對動漫畫的共鳴與認同、是面對自我存在的認同與實踐、也是強而有力的產業支柱。」

第六節

小結：日本動漫畫的生產動力：技藝、專業與志業

本章從日本漫畫的歷史、生產模式及漫畫與日本社會的連帶談起，指出日本漫畫作為一種大眾文化，強調的並不是商業產銷，而是創

33　台灣最著名的同人誌活動是從 1997 年開始的「Comic World 台灣」；1998 年導航基金會則舉辦二場「同人文化節」；其他還有如 1999 年的「夏典」等（蕭湘文, 2002：160）。2003 年 7 月舉辦的第二屆「開拓動漫祭」更創下了首日有 2 萬人次參觀、兩日計有 800 多個參展團體攤位的新紀錄（聯合報 2003／7／20, A5 版）。

作者的精神，同時誕生了一個豐富的文化論述場域。日本動畫則是深刻地與觀賞者結合，OTAKU 的出現，代表的是日本動畫的精神具體實踐在同好的身上，而且 OTAKU 也是帶動動畫發展多元化與內涵的重要行動者。日本動漫畫的特殊之處，就在於創作者與觀賞者的親合性，日本動漫畫產業的作者性與生產方式，拉近了創作者與觀賞者的距離，也使得動漫畫作為一種志業。

從手塚治虫開始，日本動漫畫文化的發展更是在於創作者的獨立性，這種獨立性使得動漫畫創作者得以在創作中發揮他們的技藝、堅持他們的專業，更是動漫畫得以成為許多人的志業的原因。

這種文本的生產方式正是日本動漫畫能較好萊塢或是迪士尼更容易打動人心，拉近創作者與觀賞者的距離的原因。再次強調，這就是日本動漫畫作為深植於日本社會的動力，對抗反對動漫畫聲浪的屏障。基於創作者志業、取材於日常生活的文本生產，更是讓動漫畫觀賞者投注高度認同於動漫畫上的緣由。本書認為這正是日本動漫畫不只在日本受歡迎，也是它們全球化，引動各地都有日本動漫迷文化的緣由。在下一章，本書將針對日本動漫畫全球化現象進行更進一步的分析，思索日本動漫畫是如何被不同文化背景的人所喜愛與認同。

第三章

日本動漫畫邁向全球化的動力與阻力

全球化是一個動態的過程，而且涵蓋的面向幾乎是無所不包；在全球化的諸多面向中，文化常被視為是全球化的象徵性指標，像 Tomlinson（2001：24～33）就強調我們應該用文化面向來思考全球化，這可以讓我們以活潑的方式去發現全球化根本上的辯證性格，體會到其複雜的網絡，而且全球化也將重塑我們對文化的想法，全球化造成了地域的改變，也打破我們認為文化與地域性密不可分的關係。Held 等人（2001）則直陳文化形式無疑是世人最直接接受與經歷的全球化型態。

就全球化的動態性來說，許多學者指出全球化是一個歷史進程；Held 等人（2001）認為文化全球化在以前是伴隨著世界宗教與帝國統治（如羅馬帝國、英國）而推展的。但當代文化全球化與過去的文化全球化的型態截然不同，不管是相關於文化交流與溝通建設的推動，西方大眾文化與企業的結合成為全球文化互動的基本背景，跨國性的文化產業集團的優勢與全球文化互動的地理範圍產生變化都是重要的因素。在昔日帝國體系中，佔有優勢的知識份子與神權政治網絡逐漸為大媒體工業與更龐大的個人與團體交流所取代。在當代世界裡，文化交流的產生以西方國家及其更強而有力的文化機制為主，這些機制包括新聞傳播機構、大眾傳播媒體、音樂與影視工業和大學等。

日本動漫畫的全球化確實也與上述的文化機制有關，在第一章裡我們提過日本動漫畫的全球化是經由歐洲民營電台的興起和漫畫代理商，美國地方電台的引入以及亞洲各國漫畫書商的盜版而逐漸擴散，我們也看到了日本動漫畫在世界各國受到熱烈歡迎的情形。但是文化的全球化並不僅是傳播與消費，本書認為文化全球化的重要意涵在於文化的交流與實踐，根本的問題是文化參與者所扮演的角色與實踐。

本章將討論日本動漫畫在全球化的過程中，在各地對日本動漫畫所產生的正反立論，本書將試著從這些正反立論中梳理日本動漫畫產業何以全球化的原因，從這裡我們可以見到日本動漫畫全球化的核心就是「迷的文化」，而不是那些商業性的傳播媒介或是公司企業。

第一節

日本動漫畫邁向全球的動力

1）日本動漫畫與生活世界的結合：以英雄為例

在第二章裡，我們已對日本動漫畫產業的生產模式、文本特性與迷的文化的建立（特別是 OTAKU）進行探討，但我們還需要問為什麼日本動漫畫可以全球化，而且這個全球化代表的是動漫畫獲得各地的人們喜愛、認同、並且產生了一種深刻的實踐性意涵。為此我們有需要瞭解日本動漫畫文本在世界各地所受到的評價以及與其相關的迷的文化。

Craig（2000：4～15）在分析日本流行文化在世界各地大受歡迎，成為一個不能忽視的當代現象時，特別以動漫畫作為代表來說明日本流行文化的特殊之處。他提到日本流行文化的高品質，其中的一個原因是日本本身就是一個強調高標準的美術技能與技師精神（craftsmanship）之處[01]。而且日本文化本身善於吸收外國精華，如被尊為漫畫之神的手塚治虫就運用西方電影技術與日本傳統風俗、精神，產生了一種全新的漫畫故事。而且日本流行文化還有豐富的創作力，日本流行文化的成功更在於它是「大眾文化」，其中所蘊含的內容、價值與訊息都是與民間大眾息息相關，例如日本的少年漫畫就真正是能讓少年引起共鳴的作品。Craig 引述日本《週刊少年ジャンプ》裡面一位編輯的話：「我對美國的兒童感到遺憾，他們活在一個由成人過濾、篩選的迪士尼世界。」日本動漫畫與在美國僅是諷刺畫的漫畫不同，日本動漫畫中的人物是活生生的人，這使得讀者會去認同這些動漫人物，而且創作者的認同也是與讀者緊密相連。同時這些漫畫的主題訴求常在於人際關係、工作與心靈成長，這些都是日本流行文化的傲人之處。

Izawa（2000）則是以日本的動漫畫和電玩為例，來反駁西方世界長期視日本為一個冷酷、充滿精打細算無情的工作者，是一味地追求效率、官僚風格之處。近年來，許多人透過日本的動漫畫以及電玩而對日本有了相當不同的看法。要了解日本人的浪漫與熱情，最

01　這即是本書第二章所指出的「職人文化」，像日本所謂的「道」（如茶道、花道）都是以美學感觸為其中心。

好的方式就是去看他們的動漫畫。像松本零士的《銀河鉄道999》就是一個充滿夢想與浪漫的冒險譚。手塚治虫的《ブラック・ジャック》（Black Jack）的主角黑傑克在其冷漠的外表下是一顆熱情的心。日本動漫畫透露的精神是樂觀進取、勇於面對當下的挑戰、奮力創造未來的精神。

但在此我們還需要更細緻地去處理文本，如果說日本動漫畫在今日能夠風靡世界，文本的特性的的確確是一個要點，但光這樣就簡單地把文本與認同畫上等號的說法實在是過於粗陋[02]，我們還需要將焦點更將集中，集中與觀賞者最有切身關係的地方，而這就是動漫畫人物。這些動漫畫人物具有什麼樣的魅力，能夠跨越文化、跨越種族與跨越國度？本書認為，日本動漫畫最吸引人之處，就在於其人物的塑造，多樣化、生活化與引人深省的動漫畫故事與人物的結合讓全世界的人們喜愛日本的動漫畫。

---

02 如 Craig（2000：4～15）在討論完日本流行文化（特別是動漫畫）的特色後，試圖用這些特色去解釋日本動漫畫跨越國度的原因時，卻回到了東西文化差異的老調上，他認為日本流行文化在亞洲受到歡迎是因為日本文化與亞洲有文化親合性，日本漫畫中青少年與求學間緊張的關係，對具有類似壓力的亞洲青少年來說是一個尋求成功之道的參考。對西方人來說，日本的這些流行文化則是一種文化衝擊，給予消費者不同的選擇。相應於此，閻雲祥（2002：68～69）以中國大陸為例指出文化接近性（cultural-proxinity）的論點並不能解釋為什麼日本漫畫和好萊塢電影在中國社會同樣受歡迎。可惜的是閻雲祥也並未對此繼續深入討論，也未能提出新的看法。Izawa 則是未能指出日本為何會有既是多樣化、又是如此深刻的動漫文化的發展。這些談法並不是不對，而是不夠細緻，更重要的是，這種談法並不能解釋為何其他國家的文化未能全球化，這種談法常常最後會回歸一個經濟、傳播決定論的論調上，沒有辦法談出文化作為社會建構與參與者分享的意義。

相信大家都可以了解到動漫畫故事與人物中最重要的是被稱為「英雄」（Hero）的要素[03]。蕭湘文強調人物是漫畫的靈魂核心，對於讀者而言，人物角色是許多讀者選擇的重要原因，她並對美、日漫畫英雄特質進行比較：美國漫畫英雄是強調獨特性（有明顯的個人色彩）、神秘性、為了維持世界和平的、是時勢造英雄（只有在危急時英雄才會變身、出現），是與邪惡極端對比的。而日本漫畫英雄是大眾性的（強調團隊精神、一同解決困難）、平民性（英雄與一般人一樣具有喜怒哀樂）、解決的是生活困境、是英雄造時勢的，與敵對者勢均力敵的（蕭湘文，2002：81～83）。

然而，這種英雄的差異意謂著什麼？Gill（1998：34～47）認為英雄可以表現所在地的文化特質，像美國的「Superman」就是一個鮮明的美國精神，是強壯（充滿男子氣概）、孤獨、足智多謀與獨立的英雄。超人身上的顏色：紅色、黃色與藍色則是暗示著美國旗幟。超人也代表著以美國為中心的世界觀（超人是外星移民，但歸化於美國）。不同於美國的 Superman 文化，日本則是以「Ultraman」（超人力霸王）的另一種英雄為代表：是家族、有合作團隊的英雄，外表上沒有特殊的性別差異，身上的顏色是紅色與銀色條紋，這是日本傳統用於護身符、祝人好運的顏色。不同於超人與人類（美國）同化、超人力霸王始終是超人力霸王，他有自己

03　「Hero」這個字本身有兩個意思，一個是我們常用的英雄，另外也指故事的主角。雖然在多數的戲劇中兩者經常是相同的，但有時還是會有所區別，在此特別說明。

的歸屬之處。Gill 並提到日本的英雄習慣以五人團隊作為象徵，這五人團隊最值得注意的就在於他們服裝的顏色，主要是領導人的紅色、女性隊員的粉紅色，其他的三個隊員則常以藍色、黃色與黑色做代表，日本的英雄用不同的顏色來代表他們的分工。除了團隊精神以外，日本的科幻英雄冒險故事中最顯著的特色就是「變形」、「合體」；這與日本傳統的民間故事、宗教中多采多姿的各種妖怪的描述有緊密的關係。日本的科幻故事結合了他們的傳統，產生了許多會變形、合體的機器人（美國的英雄則是在肉身上強化、改變）。而在日本的動漫畫故事中，我們更可以看到以兒童作為英雄，對抗邪惡與生活困境的故事。回到前文提過的超級機器人的發展史來看，在這邊我們還要指出，在超級機器人動畫裡除了正義的主角與相對於他們的邪惡角色以外，70 年代還出現了一種「美型惡役」（用白話來說就是「長得很帥的壞人」，有時也會是悲劇英雄），除了悲劇英雄以外，邪惡的出現也可能是一場悲劇，邪惡不盡然是醜惡的、邪惡也會有他們的主張與美學，他們也可能是身不由己的，在內心充滿著矛盾與掙扎[04]。後來在富野由悠季手上更打破英雄與邪惡的區分。英雄不見得有所謂的正義與邪惡之分，英雄是有著自己生命哲學觀的人。

---

04 如 1976 年播映的《超電磁ロボ・コンバトラー》中侵略地球的反派主角ガルーダ大將軍就是一個具有武人美德的敵人，ガルーダ和主角葵豹馬雙方更是惺惺相惜的好對手。而 1977 年播映的《超電磁マシーン ボルテス》中反派的プリンス・ハイネル和主角剛建太郎更是不相識的同父異母兄弟。日本的動漫畫中還有許多像此類帶有悲劇性的反派英雄角色。

日本動漫英雄與西方的英雄是不同的，日本的英雄會受到喜愛，因為他們就是跟觀賞者一樣的一般人；「每個人都可以成為英雄，只要我們認真的面對人生，我們就是自己、也是別人的英雄」，這就是日本動漫畫的英雄。在日本動漫畫裡，典型英雄浪漫譚的文本類型就是前文所提到日本動畫的王道之一，「超級機器人」。不只是超級機器人，另一個王道「魔法女孩」，更是一個對世界各地的人們來說，前所未見的新英雄。

Reynold 在 *Super Hero: A Modern Mythology* 裡認為英雄是一種對維持社會現狀的存在，守護法律與秩序的象徵。而這些英雄幾乎都是男性（引自 Allison：2000：276）。但是日本的動漫英雄不只是男性、或是機器人這類男性主導文化下的英雄，日本動漫畫還有許多的女性英雄。Napier（1998）認為戰後的日本女性對自己的社會地位與生活越來越有主見，這樣的改變與流行文化是相互建構的。而在這些流行文化中，動漫畫是最具有影響力的。一方面是因為日本的動漫畫與讀者群不管是在各個年齡層中都有驚人的數量，而且日本漫畫不同於歐美漫畫界由男性獨佔的情形，日本有許多女性的漫畫家與女性讀者[05]。而且這些漫畫不僅生動與充滿幻想風格，同時

05 日本少女漫畫的發展源自於 1953 年手塚治虫的《リボンの騎士》（緞帶騎士），此作打破少女雜誌只有插畫的慣例，作品中「開拓自己命運的女孩」，在那個要求女性就是得成為「賢妻良母」的時代裡，造成許多女性讀者莫大的衝擊。1957 年，第一位女性漫畫家水野英子的作品問世。而日本少女漫畫界自成一家則是在 70 年代，以「24 年組」（在昭和 24 年前後出生的少女漫畫家，萩原望都、竹宮惠子、大島弓子等著名漫畫家皆在其中）為代表，在此時，日本少女漫畫發展出其獨特的寫實性、在作品中強調人物對自我內心的探索，同時在故事與舞台的設定上的多樣化，奠定了往後少女漫畫的基礎。

更是具有相當的寫實性；女性在這些漫畫中是獨立自主的，在日本常見的科幻故事中，也有許多女性擁有超人般的力量或是先進的設備，她們是「cyborg women」。Napier 認為這些故事與女性角色或許就是改變日本女性歷史最重要的因素。其中最具有代表性的就是武內直子原作，1992 年播映的《美少女戦士セーラームーン》。

《美少女戦士セーラームーン》是集魔法女孩之大成的作品，有華美的變身、同伴之間深刻而緊密的情誼、並加上日常生活的點點滴滴，呈現出主角們作為英雄、也是作為一般人的生命景象。最重要的是，這些女孩們不再僅是男性的附屬品，女孩們也不再只是幻想著愛情的來臨，這些女孩們勇於對抗邪惡、她們守護著自己的生活，也保護人類。她們有著自己對未來的憧憬，並努力實現。日本動畫大師宮崎駿作品中的少女則是象徵和諧、擁有夢想與神奇的力量的行動者，少女是與自然合而為一的存在，而這些特色鮮少在以男性為主的故事中看到。不只是這些魔法女孩或是象徵和諧與夢想的少女，日本動漫畫中的也有許多以各行各業的女性作為主角（如醫生、護士、上班族、教師、警察），或是描寫她們生活百態的故事。

Allison（2000）更認為《美少女戦士セーラームーン》是一種新的英雄、戰士，更是美麗的女性，這部作品改變了傳統對英雄的刻板看法，給予各地女性一個不同的視野。我們不再只有美式的 Superman 式的英雄，或是一個強調完美無缺，然而卻是脫離現實的迪士尼童話。日本的英雄是更為真實，也是多樣化、生活化的。最重要的是，這些英雄並不是完人，英雄也不斷地探索自我、尋求成長。日本動漫畫的女英雄是成熟、美麗、有自信的，她們建構的不只是一個新的英雄類型，更是一個全新的女性形象。

我們看到許多人討論日本動漫畫的全球化時對這些動漫文本與英雄的看法中，都特別強調其文本中故事與人物的多樣性與親和性。這些特色讓世界各地的人們喜愛日本的動漫畫，讓日本的動漫英雄不只是日本的英雄，還是不同國籍、文化中人們的英雄。日本動漫畫的全球化，所依靠的並不是擁有驚人的市場銷售額或收視率。重點在於這些觀賞者並不只是看，還會將動漫畫融入生活。Gill（1998）在訪問日本兒童時，指出這些兒童（觀賞者）認為這些日本英雄是聰明、勇敢，同時這些動漫畫的故事與戰鬥是有趣的。這些兒童不只是觀看故事，他們會對其中的英雄與怪物、敵人以各種方式進行分類，有高度的投入。而這些故事一方面反映了日本的社會風俗，也建構了兒童對社會、對日本的態度。但 Gill 的說法還不足以解釋日本動漫畫的特殊之處，重點不光是投入，也不是動漫畫反應社會風俗，而是動漫畫作為創作者與觀賞者的生活實踐。再次強調，我們不能只談文本，日本動漫畫文化與全球化的核心在於文本與迷的結合。只談文本的做法，最終只會回到傳播與商業網絡，本書認為文化全球化的核心在於文化的實踐與再生。上一章中，已經討論的日本動漫畫創作者與日本動漫迷，將下來，我們要進入日本動漫迷文化的全球化。

2）動漫迷文化全球化的興起

法國記者、也從事電影製作的バラール（2000：251～254）在聽聞日本東京大學——全日本菁英的所在地、培育國家政治領導人的根基、也是母親對子女將來的期望之處——居然有人可以在那邊開設一堂 OTAKU 文化論講座時幾乎是不能置信。而這位開設 OTAKU 文化論的岡田斗司夫正是日本 OTAKU 文化的代表人物；岡田斗司夫並不沒有沉溺、侷限於動畫世界之中；而是登堂入室，將動畫作為人生志業，並將其作為一個社會需要理解的重要文化現象來研究。岡田斗司夫不是「繭居型人類」，他不只是日本 OTAKU 的象徵，他還是世界各地 OTAKU 的目標。那在岡田斗司夫眼中，他是怎麼看待日本動漫迷文化（OTAKU 文化）的全球化呢？

岡田斗司夫在 1995 年參加美國舉行的「OTAKU Convention」時看到美國的日本動漫畫同好 cosplay 活動、還有許多動漫同好製作「手工自製的日英辭典」，並在網路上找到許多以 OTAKU 為主題的法國網站，深深地感受到 OTAKU 在世界各地的威力；日本動漫畫、OTAKU 不只是在亞洲，而是全世界，岡田斗司夫認為在日本的 OTAKU 之間對彼此的認同連帶已強過血緣與地緣，在美國的 OTAKU 對身為 OTAKU 的認同也超越了對身為美國人的認同，重點是與同好之間的一體感。而世界上將會形成一種跨越血緣、國籍的 OTAKU 民族（岡田斗司夫，1996：52～75）。清谷信一在法國也看到 OTAKU 是法國理解日本文化的先鋒、OTAKU 不只是看動漫畫，對日本的傳統文化與日本人的日常生活也有著濃厚的興趣。清谷信一認為 OTAKU 文化可以減低日本與外國的文化摩擦與誤解，促成文化交流。而且法國的漫畫創作者也從日本漫畫上得到了創作的靈感，漫畫文化是相互交流與理解的（清谷信一，1998：204～208）。經由對動漫畫的興趣產生的文化交流，是日本動漫畫全球化重要的核心，動漫迷正是文化交流的核心人物。孫治本（2000）提到全球化以及地方與全球的直接聯繫可能，造成民族國家的疆界毀壞。各種跨國社會空間、地方的再興起，削弱了民族國家的力量。然而全球化並未終結民族認同及其價值觀，而是變成更為撲朔迷離。岡田斗司夫所言的 OTAKU 民族就是一種孫治本所言「生活風格的跨國社會」——具有相同風格、嗜好的人，在全球範圍彼此聯繫而形成的跨國社會空間——的實例。

Poitras（1999）在 *The anime companion：what's Japanese in Japanese animation* 這本以動畫內容作日本文化導覽的書裡，指出日本「動畫」與美國「卡通」有著很大的差異，日本動畫有很強的連環敘事性，美國卡通則是以不連貫的單元為主；日本動畫表現手法涵蓋了文學與電影，並有著豐富的社會意涵；動畫人物是複雜的，在動畫中的英雄是會犯錯，並且有其脆弱的一面[06]。Poitras 認為這些特色

---

06 在前文本書已提過 Animation（アニメーション）的語意上，有一種活著的、賦予生命靈魂，不光只是「使靜止的東西動起來」，更有著用來表達生命的意義。相應於此，卡通就其起源來說，其實是一種由報紙上的多格政治漫畫轉變而成的一種動畫型式，之後在華德・迪士尼創造了迪士尼卡通王國之後，使卡通這類型以兒童為主客群的動畫型式變成了所有動畫的代名詞。當然就現狀而言，在我們的

使得動畫的觀賞者變成了動畫迷，也使得動畫觀賞者較卡通更為多元。而且日本動畫也可以作為了解日本的一個不同方式。如果你是 OTAKU 或是動畫迷，那麼了解在動畫之中有關於日本文化的部分將會有助於了解日本動畫。

OTAKU 不只是看動漫畫、更是日本動漫畫全球化的重要發動者。Schodt 談到在英語世界，日本動漫畫的出版與擴散並不是依賴出版社，動漫畫的同好才是真正的驅動力。動漫畫同好會藉由各種管道主動尋找動漫畫，在同好之間也有頻繁的情報交流；從 80 年代開始，同好就在在各地開始舉辦的動漫畫的相關活動，在活動中交換心得與原版漫畫（Schodt，1996：328～331）。在法國，由動漫迷ドミニク經營的動漫專門店「トンカム」從 1985 年兩人經營的小賣店，到現在得雇用近 20 名的店員，「トンカム」的業務還擴展到翻譯與其他動漫店的商品經銷。ドミニク也是法國 OTAKU 界的龍頭老大；問他成功的秘訣是什麼？ドミニク說：「要有像 OTAKU 一樣豐富的動漫商品知識與鑑賞力，同時要具有社會性與了解商業經營（引自清谷信一，1998：90～91。）」

生活世界裡，要能很清楚地界分動畫與卡通其實是不太容易的。一般來說，「卡通」（Cartoon）是給小孩看的這種看法在台灣已有相當的一段時日。而近年來由於日本動漫畫的版權化與動漫迷文化的興起，將日本「動畫」與卡通區隔開來的說法也出現在日常生活裡。除此之外，我們在生活中所提的動畫常常是指「電腦動畫」或是相關的技術。

ドミニク認為日本的 OTAKU 文化具有通行世界的普遍性，是不同於美國主導的商業文化。在以好萊塢為象徵、強調經濟效益與市場至上主義並獨佔世界的現象是危險的。美國的商業文化集中在市場效益、失去了文化的多樣性。他主張經由漫畫、一般民眾的文化交流，成就出更新、更有活力的文化是一件必要的工作。清谷信一認為這類意欲實現ドミニク夢想的挑戰正不斷地進行著（清谷信一，1998：209～211）。迷，就是一群擁有並努力不懈地實現夢想的人。

在台灣，日本動漫畫的正名與出版的精緻化，也是與動漫雜誌《神奇地帶》裡一群熱愛動漫畫的編輯與作者群以及動畫迷成立的動畫專門店「精緻動畫坊」密切相關。他們不僅是介紹動漫畫，還力促出版社向日本出版社購買版權，並且首次在漫畫翻譯上加上注釋，讓讀者了解漫畫中相關的日本風土民情以及原作者自創或是運用的一些科學術語（如漫畫《福星小子》、《五星物語》、《仙術超攻殼》、《攻殼機動隊》等等）。《神奇地帶》並在動漫迷活動的萌芽時期時提供動漫資訊與台灣動漫迷的發聲與聯繫上，扮演了重要的角色，貢獻良多。現在一年在台灣舉辦的中大型同人誌活動（參加團體數約 100 至 400 之間）約有 20 場左右，在各級學校中動漫畫社團數也不斷上升。蕭湘文認為這些漫畫社團可以說是漫畫文化中最顯著的次文化表現。此外，在網路上更有許多專門的動漫畫討論版（蕭湘文，2002：158～159）。

1991 年在加州舉行的「The First International Conference on Japanese Animation」在 92 年開始改名為「Anime Expo 92」，每年參加的人數的不斷上升，並邀請不同的日本動畫製作人員來訪，儼然是美國版的「コミックマーケット」。歷屆「Anime Expo」的總主辦人マイク・タツガウ並表示剛開始時「Anime Expo」的參加人員多為亞裔人士，約佔有 8 成，但從第 7 屆開始半數以上皆為白人（山下洋一，1998）。不只是「Anime Expo」，從 1995 年開始在全美各州類似的動漫同好大型活動不斷舉辦；義大利、法國、英國等地也是如此。Napier（2001：243～244）指出在美國已經出現了動畫迷的社會（anime fandom），動畫迷的社會是由各地的動畫社群與活動所建構而成，既是同一性（對動畫的熱愛），又是多元性（不同團體會針對不同作品、不同監督作為主軸）。作為文化共同體的動畫迷團體具有一種代替家庭的功能。值得一提的是有的迷團體除了舉辦豐富的活動之外，還是具有相當開放性的團體。如擁有超過 300 人以上的德州大學動畫社還對外招募非學生族群的參與者（據 Napier 的調查德州大學動畫社有 39.7% 的社員不是大學生）。

OTAKU 現在是許多國家的動漫迷的目標，如何成為日本動漫迷、OTAKU 對許多人而言變成了重要的議題；成為 OTAKU 就是明確的自我生命實踐。

Levi（1996：145～152）表示要得到日本動漫畫的資訊與商品愈來愈方便，打開電視、到錄影帶店、CD 店或是上網都可以看到日本動漫畫的蹤跡，要成為 OTAKU 就要了解動漫畫，並且要參加各式的動漫同好團體與活動（特別是在影帶出租店、大學，或者是找同好所架設的網站）；如果可以的話，找一些日本人來談動漫畫，會有許多收獲的（理解動漫畫中關於日本的風俗民情）；最後，記得到日本走一遭！Poitras（2000）在 *Anime Essentials: Every Thing a Fan Needs to Know* 一書中更是以動畫《おたくのビデオ》作為對話對象[07]，談到動漫迷不只是光會看，而且是會有回饋動漫畫的行動：參加或是自組團體、活動、自主性地創作動漫畫、對外界宣言動漫畫的迷人之處與多樣性；還有別忘了，迷是可以創造流行的！

談到迷，消費的問題是無可避免需要去面對的。蕭湘文（2000）發現漫畫迷與非漫畫迷在消費行為上（取得來源、消費金額、購買地點、購買原因……）有明顯的區隔，迷在消費與相關資源都多於一般人。日本則以動畫類型、人物特色為切入點對動畫迷做了詳盡的消費分析、並以此做了動畫迷的分類與探討（アニメ批評編集部，1999b：10～21）。在前文也已經處理文本、人物與迷的關係。那麼，消費的意義是什麼？在第二章已經提過，消費不單只是買賣的經濟行為，消費是創製符號的實踐。而在這裡，我們要探究的是消費與文化生產的關係。

07　《おたくのビデオ》是描述一個對動畫沒興趣的大學生，在遇到一群動畫迷後深受感動、邁向 OTAKU 之道的故事，此作也帶有腳本（劇本）岡田斗司夫自傳的性質，在片中並混有各界 OTAKU 的訪談影片；此作並且是研究 OTAKU 重要資料。在 1999 年的一部電玩《こみっくパーティー》（漫畫派對，後來也改編成動畫與漫畫）也是帶有這種味道的作品。

浅羽通明（2000）以OTAKU與消費社會的連帶作為論述核心，指出OTAKU的出現是與資訊（1976年，日本第一本動畫雜誌《OUT》的創辦就受到動畫迷團體的大力協助，《OUT》的編輯方針也以讀者為主體，日本的動畫資訊流通與動畫迷一直是相互共生）、消費（社會經濟的發展）有高度的相關性，OTAKU是「在高度消費社會中浮游的天使」。OTAKU不僅消費資訊、消費商品，重點是對資訊與商品的整合，同時OTAKU也是資訊、商品的生產者。

我們可以見到，包括在生活中也可以體會到消費已經不再是「買具有實用性的物品來使用」，當下對消費的論述中，不管是現代性或是後現代的消費都已不只是消費商品的物質性，還包括其象徵意義。如Baudrillard認為物品的符號意義還更為重要，物品之所以變成消費的對象，並非因它是有精神、靈性的象徵，或是有功能的工具、商業產品，而因為它是符號（陳坤宏，1995）。同時我們也知道消費是一種日常生活的實踐、也代表消費者的身分與慣習，消費也可以是一種型塑主體的方式。OTAKU消費動漫畫商品與符號，並在動漫畫中成就與彰顯主體的存在價值。但在此還要強調只談消費是不夠的。就像我們不能把OTAKU當作單純的狂熱者或自閉者一般，我們也不能把OTAKU侷限在消費之中。回到de Certeau（1984）策略的說法，他認為消費者有其消費的策略；然而我們還要指出，迷不只擁有策略，迷也可以具有與戰略對抗的力量，迷還有成為菁英與登堂入室的力量（迷可以同時擁有戰略與策略）。

我們必須理解日本動漫迷文化的發展，與動漫畫創作精神的開放性和生命力息息相關，日本動漫畫文化是一個開放性的文化，任何人都可以參與其中。迷的文化是「由下而上」、「平行相連」的生產。也是因為這樣迷的文化使得日本動漫文化不斷發展，並保有其作者性。對動漫文化來說，不管是 OTAKU、同人誌或是 cosplay，不僅僅只是迷的活動，而是文化實踐、是一種深植於在地的實踐；很少有一個文化能與觀賞者如此接近，並形成了另一種傳播與實踐機制。在這邊，任何人都是愛好者與創作者。在日本的動漫畫所經之處都有動漫畫愛好者的活動、聚會、同人誌與 cosplay 的出現。這種迷的文化就是支撐日本動漫畫全球化屹立不搖的樑柱。

第二節

日本動漫畫邁向全球的阻力：以三個類型為例

前文已分析過日本動漫畫在其全球化的過程中，迷所扮演的角色與力量是決定性的因素。但是，日本動漫畫的全球化所受到的不盡然是這些迷的歡迎，還有來自於國家與媒體評論所帶來的阻力。

對文化全球化常見的論述分為兩類，有人視其為一個全球一體性文化的誕生，有人則是認為這是一個前所未有、龐大的文化帝國的來臨。在第一章本書已經討論過修正此種二元對立思維的必要性。然而，在討論文化全球化之時，我們將無可避免地考慮文化全球化對各個地方文化的影響。為了保護地文化免受外來文化（或是商品）的侵襲，國家在保護他們的地方文化上扮演著重要的角色。

1) 反抗類型（1）「殖民文化論」：以法國為例

法國可以算是日本動漫畫在歐洲中最受歡迎的國家，然而就是因為太受歡迎而引起了法國政府的注意。在 1983 年法國文化局長公開聲明，日本動畫是對法國進行文化侵略的敵人，同時法國政府並為了對抗日本動畫而給予法國動畫業者補助金。然而，這些政府補助的動畫作品，都是一些「政治正確」的作品。

為什麼反對日本動畫？法國的反對者幾乎一致認為日本動畫充滿了戰爭及暴力的場面，而且強烈批判日本動畫描寫警察的故事中的男女角色安排是性別僵化的表現。當然，這些充滿色情暴力的動畫作品一定會對兒童造成不良影響，而且會提高犯罪率。清谷信一則指出這些對日本動畫的批評有許多是誤解，一方面法國並不了解日本的風俗民情，像《めぞん一刻》（相聚一刻）中一ノ瀨太太喝酒的行為，就認為這會帶壞兒童（但喝酒在日本是作為一種普遍的交際方式[08]），斷定性別僵化是日本動畫專屬的問題，也過於武斷（法國自己的警察影片也是如此）。而且法國人還任意改竄日本動畫作

08 不過說句實在話，也沒有多少日本人是像一ノ瀨太太那樣的喝法；某些程度上法國人確實歪打正著到這個問題。但漫畫中像一ノ瀨太太這樣的人物出現主要是為了戲劇上的效果，與強調並對應各個人物性格的鮮明與特殊性。

品的內容，難道就不是問題嗎？在法國，動畫卡通是專屬於兒童的節目，但在日本不是。而且日本還是以低犯罪率聞名的國家。法國擔心人民「喪失對法國文化的認同」，才是真正反對日本動畫的理由（清谷信一，1998：49～67）。民族國家在全球化和全球文化的發展下面臨了壓力，需要採取措施加強國家的「文化主權」，但是這已經不再可能是一種嚴格意義上的主權。我們所面臨的一種混合的文化觀，對此的體認和努力有助於一個高度尊重地方傳統與文化多樣性的全球共同體的建設（肖元愷，2003：245～246）。我們可以理解民族國家建立的重要根基是自主與獨立性，同時這種自主與獨立也將伴隨著某種程度的排他性或是不相容性，在全球化的情境下，文化交流已經無法避免，但如果說文化的擴散與交流必定伴隨著文化侵略，也未免過於言過其實。Held 等人（2001：464～471）提到國家文化自主性降低的程度一部分端視政府企圖推行的文化與資訊政策型態而定。極權國家、共產國家、神權國家與右翼軍事政權都企圖執行封閉式文化政策以有效控制來自國外的影響。但我們卻沒有明顯的證據顯示這些經過融合的文化型態與跨國社群確實嚴重侵蝕主流國家文化與國家認同。

2）反抗類型（2）「動漫畫暴力色情有害論」：以義大利為例

在法國引起日本動畫風潮的《UFOロボ・グレンダイザー》，也風靡了全義大利，更使得義大利電視台拚命地引進日本動畫。プランドニ（1998）提到在 1979 到 1982 年間，義大利一共輸入了180

部日本動畫作品，雖然後來受到政府與反對者的打壓，到了1997年，已經有 400 部以上的日本動畫在義大利播映過。日本動畫在義大利受歡迎的程度（不只是年輕族群），也引起了義大利的媒體與「專家」的批評。首先，心理學家與媒體由《UFOロボ・グレンダイザー》做出了一個公式「日本製作的動畫＝巨大機器人＝暴力＝有害」來使日本動畫成為不良的代名詞。當時的批評主要有以下三點：《UFOロボ・グレンダイザー》是為了誘使兒童購買高價的人物商品所製作的作品、過度地描寫暴力行為、並且粗製濫造。這些批評認為日本動畫是鼓吹機械萬能、機械優於人類、機械人只是為了戰爭而生產的道具。當時甚至在義大利國會有議員以此理由要求禁止日本動畫的播映。

至於其他類型的動畫作品似乎也是無一倖免，運動類的作品被視為是法西斯帝國主義與自我傷害的象徵（如《エースをねらえ》（網球爭霸戰）與《キャプテン翼》（足球小將翼）等作品）；日本動畫還是「童話小偷」，日本動畫抄襲世界名作、寓言與童話，日本少女漫畫充滿色情……各式各樣的批評不斷。與法國一樣，義大利將日本動畫視為有害的外來物，「動畫＝兒童娛樂」的觀點使得他們對日本動畫充滿偏見。諷刺的是，フェデリコ（1998）指出義大利在這些反對日本動畫的運動後，停止了日本動畫的放映，然而，接替日本動畫的歐美影片的收視率急速下滑。後來，義大利的電視業者想出了一個辦法，就是把日本動畫的人名、地名全部換成義大利人名、地名，因為那些反對者是反對「日本」動畫，實際上日本

「動畫」的內容與他們反對的理由是無關的。而那些反對者在看了那些改為義大利名稱的日本動畫後，的確是沒有任何的反對意見了。從此之後，把日本動畫作品的名稱與人名改成義大利名成為了義大利電視公司的習慣。

反對日本動畫的理由究竟是什麼？真的是因為如同這些反對者所言：「日本動畫會對觀賞者（兒童）造成不良影響」，或是因為意識型態作祟、為反對而反對呢？答案已經是清楚地呈現在我們的面前了。

3）反抗類型（3）「保護青少年不受動漫畫的毒害」：以韓國為例

由於曾為日本佔領的歷史因素，韓國一直是充滿反日情節之處。韓國政府更是明令禁止輸入日本產品。即使如此，韓國還是盜版了許多的日本漫畫，對這些盜版漫畫，韓國的「刊行物倫理委員會」為了「排除可能危害青少年的不良物品」而監督漫畫，並推動立法。堀越和子提到此委員會認為日本漫畫會帶來不良影響是不證自明，他們肩負著保護青少年與證明韓國文化優於日本的重要使命。問題是他們並未了解日本漫畫（堀越和子，1997：71）。後來韓國政府文化體育部定下「青少年保護法」後，更是對漫畫大加取締，讓漫畫的發行量大幅下滑（約達1／3）。韓國政府認為日本漫畫是充滿暴力與淫亂（？）的作品[09]，是需要管制與取締禁止的（堀越和子，1998：141）。M・加藤（1998）也提到韓國政府認為日本動漫畫中的女性有太多肌膚露出的畫面（例如《美少女戦士セーラームーン》、《愛天使傳說ウェディグ・ビーチ》有女性露出大腿的場景）而禁止這些作品播出。後來因為韓國的動畫迷發動連署活動而使這些動畫在韓國重見天日。在韓國也有將日本動漫畫中人名與地名換成韓國人名與地名的情形，不僅如此，還將漫畫中人物的穿著直接加以塗改（如和服），完全不尊重動漫畫創作者的心血結晶。

日本動漫畫在韓國一直被各方以「保護青少年、本土文化」的理由而打壓，然而，韓國政府與相關民間團體也未能提出有力的證明。綜觀日本動漫畫在世界各地所受到的阻力也不外乎這些長期以來貼在動漫畫上的負面標籤。除了蕭湘文（2002）所提到數點主要關於漫畫的刻板印象：保護兒童的心態、負面事件的擴充效應、文化類型的邊緣性外，日本動漫畫的全球化還受到國家民族意識的排擠。相對於此，動漫迷對動漫畫的支持，使得日本動漫畫成為重要的全球文化象徵。日本動漫畫確實是有些值得非議之處（有些作品粗製濫造、畫面偷工減料、內容有不必要過多的打鬥場面與情色情節、作者本身表達能力不足，設計了架構龐大的故事卻無法收尾），但從各地光以一些意識型態作為反對的依據也無法解決問題。Izawa（2000：138～139）就強調西方國家將日本動漫畫與色情暴力糾結在一起的看法過於片面。這種刻板的印象、控訴日本是以漫畫作為

09　此處問號為引文作者堀越和子所加，表示她對韓國政府看法的疑問。

貿易戰爭手段，而進行戰爭；是種族主義、性別歧視的說法，沒有辦法了解到日本動漫畫中所蘊含的意義與精神。

這三種反抗類型都可歸結於一個面對文化全球化的對抗意識，重點在於反抗日本、排外，而不在於動漫畫；同時在反對、拒斥日本動漫畫的人眼中，「動漫畫＝有害」，是一個絕對不容動搖的等式；他們認為動漫迷的文化是不好的文化，卻未見到動漫迷文化所具有的正面意涵。動漫畫是小孩、青少年所喜歡的一種不入流的讀物，是需要被管制的。然而，這樣的心態只是造成一個二元對立的世界。AIplus（2001b）認為日本動漫畫在各國很引起的爭議的解決之道，並不在於動畫支持者與反對者雙方的叫陣詆毀，而在於對彼此陣營的文化思想及觀念多一些理解與包容。但在這些本書還需要更進一步地指出，我們需要一個公開、細緻的動漫畫評論機制，並由此形成一個動漫畫論述與研究場域。這更是動漫文化對抗各界阻力，達成文化實踐的核心力量。動漫迷們也不能只是批判別人不了解動漫畫、不了解他們，動漫迷必須發揮己長，而不是畫地自限的繭居人。回到本書一直強調的 OTAKU 文化，OTAKU 文化的意義並不只在於他們這群人對動漫畫瞭若指掌，更在於他們有能力與社會大眾進行對話。岡田斗司夫在東大授課的「OTAKU 文化論」就常以與學生及邀請各地的專家學者用對談的方式進行，在《東大オタク学講座》（東大 OTAKU 學講座）一書中更刊載了一些動畫迷對自我的再肯定與重新出發，還有非動畫迷的學生在上課後對自己與對動畫觀念改變的描寫。岡田斗司夫對此半開玩笑地說：「這是東大生的 OTAKU 化計畫。」（岡田斗司夫，1997：355～369）作為社會的一份子，OTAKU 不能畫地自限並且要有與社會大眾不斷進行論述溝通的企圖心，這就是岡田斗司夫的志業，更是 OTAKU 在「通曉」上所具有的社會實踐。

文化在全球化情境下，勢必得面對傳播與交流的問題；然而，如果對於文化的交流只以「文本」來看，我們很容易會陷入霸權論述或文化侵略的談法，而忽略了文化交流中，行動者所位處的關鍵性位置。就以動漫畫為例，一般的情形是：只談動漫畫文本，而動漫畫常常是被歸於不好且有害的文本；如果有談到觀賞者的話，就會提到觀賞者是兒童、青少年，這些人沒有判斷能力，需要被社會（大人）所保護。我們得強調，動漫畫究竟是好是壞，必須是由參與者與社會大眾共同建構一個動漫畫的公共論述場域來重新思考，像ドミニク所認為日本漫畫文化的重要意義就在於漫畫文化是由民間進行生產與交流。同時，我們還得思考日本動漫畫文化全球化在文化交流與生產的積極意義。為了能夠更清楚地了解日本動漫畫全球化所具有的意涵，相信有需要把日本動漫畫與長期以來堪稱文化全球化的代表例子——好萊塢與迪士尼——進行一些比較。由這個比較中，我們將見到日本動漫畫提供了文化全球化議題一個全新的思考點。

第三節

與好萊塢、迪士尼的差異：「垂直整合」vs.「平行相連」

作為全球影視產業龍頭的好萊塢，一向以大成本、大卡司與鋪設於各類媒體裡如同天羅地網般的廣告宣傳為著名。在好萊塢的製作與行銷策略下，幾乎沒有任何地方的媒體產業可以與之匹敵。滝山晋（2000）認為好萊塢的運作與經營策略的特色與核心是「垂直整合」，是以提高競爭力、獨佔市場和排除可能的競爭對手為特徵的策略。在好萊塢的發展史上，好萊塢不斷收編、合併其他的相關產業，如電視、電台、唱片公司等等；2000 年 1 月時代華納（Time Warner）與美國線上（American On Line）的合併，造就了一個全球最大的媒體產業公司。紀文章（1994）也提到好萊塢片廠以高強精準的製作水準，以垂直整合的組織方式，統合了製作、發行、映演的商業利益，聯合壟斷市場，排除外來競爭者，並擁有廣大的行銷市場，好萊塢是一個文化霸權的工廠。陳儒修（1995：96～100）提到，在好萊塢的壟斷策略下，全世界的電影院都是好萊塢的天下，好萊塢的電影最像「電影」，任何國家／民族電影都無法吸引當地觀眾。而台灣不可能不對好萊塢之「無所不在」做出回應，其回應基本上可分為三個模式：一、刻意模仿好萊塢，但是個失敗的模仿（財力與技術不及好萊塢，並與本土社會文化環境脫節）；二、刻意嘲諷好萊塢，但也表示自己無力開創另一種電影的表達方式；三、試圖引用民族文化傳統來肯定電影「文化」。然而在形式與內容表現上卻矮化自身傳統，或否認傳統。我們知道國片的困境非一日之寒，「原地轉一圈，然後結束」的狀況只是空耗人力與資源；但我們似乎也只能圍繞著好萊塢打轉，原因無他，因為我們一直找不到、也似乎沒有別的選擇。然而，我們是否陷入了一種對抗好萊塢的迷思之中？好萊塢電影善於拿捏節奏、畫面細緻精美，同時對於世界趨勢的掌握，站在時代的尖端這些優點，對我們來說似乎是遙不可及，陳儒修提到的三種模式正是我們無法突破好萊塢的緣由。好萊塢電影中對於人類夢想與世界的描繪更是使得許多人視好萊塢為電影的第一選擇，這樣的優勢結合了垂直整合的運作模式，好萊塢無往不利幾乎是理所當然。

從另一方面來看，好萊塢與迪士尼不間斷地進行著作權的操作與訴訟，也是垂直整合下獨佔市場與排他性的表現。迪士尼在發展初期就相當注重他們角色的著作與肖像權，並對侵權者進行訴訟。在 1930 年代，迪士尼曾對《伊索寓言》製作人因為製作了幾部很像是米老鼠卡通的作品提出告訴，洛伊・迪士尼（華德・迪士尼的哥哥，負責迪士尼整個財務）說：「把我們的著作權當成寶貝一樣地去保護，這件事真的很重要。這個案子的勝利，為我們帶來了長久的保護作用。」之後，迪士尼更在歐洲各地制定了保護他們卡通人物的諸多原則。有一次洛伊在德國控告盜用米老鼠圖案作成商品者，被告與律師居然多達 1500 人左右，法院根本無法容納，最後得在歌劇院開庭。結果迪士尼勝訴，之後迪士尼的作品版權在歐洲各國都得到了相當的保障（引自 Thomas，1999：80～96）。迪士尼早已因為嚴格的保護其下智慧財產權，以及豐富的官司歷史而聞名。不僅是 30 年代如此，從 1986 到 1991 年，迪士尼提出 28 件告訴，被告人數高達 1322 人。連電影藝術學院的表演者在奧斯卡頒獎典禮上，裝扮成白雪公主進行表現，也一樣控告。後來雖然迪士尼撤消告訴，但連好萊塢都對於迪士尼的小氣嘖嘖稱奇。其他的例子還包括拒絕免費提供其人物肖像供政府製作郵票。對於將超過 1000 個迪士尼人物刺青在身上，除了生活必須開銷以外所有的錢都花在迪士尼上的迪士尼狂熱者 Reiger（到 1993 年總計已超過 50 萬美元），迪士尼公司未受任何感動，反而是企圖加強本身的版權，並防止 Reiger 在身上加上任何的圖案。迪士尼小心翼翼的不過度評論 Reiger，但顯然當 Reiger 造訪迪士尼樂園時，警衛都會依照慣例尾隨在他身後（Wasko，2001：117～121、277～279）。

好萊塢與迪士尼善於收購別人的作品，更善於利用法律訴訟來保障自己的權益。有時則是拿別人作品改編之後，主張那是自己的作品，著作權為自己所有，他人都不得使用的例子[10]。1998 年更在好萊塢等電影企業的游說下，美國國會通過將著作權延長 20 年的法案。2003 年 1 月並經由美國最高法院認可，阻止「米老鼠」等 20 世紀中的美國文化偶像成為公共財產，這更是好萊塢與迪士尼的一大勝利（聯合報，2003／1／17，第11版）。

10 モール提供了一些相關的案例，像《斷頭谷》、《007》、《小鹿斑比》和《福爾摩斯》都有這樣的情形。而且，最後一般來講都是好萊塢、迪士尼的勝利（除了迪士尼後來在 1997 年與《小鹿斑比》原作者的遺族以和解收場，但此類算是少數的例子）（モール，2001：24～49）。

在這樣的經營策略下，我們見到許多人談好萊塢、迪士尼相關的分析面還是侷限於文本、傳播與資本主義的商業網絡並不是無的放矢。在好萊塢的生產與經銷模式下，文化的意涵被利益所掩蓋，觀賞者常常只是在「由上而下」的生產與無所不在的傳銷網絡中被動的接受者。但同時我們也得指出好萊塢確實在了解經營觀眾群的口味上下了相當的苦工，思索什麼樣的題材與內容最能受到不同地區人們的歡迎。迪士尼對於其形象的營造，編織出歡樂與夢想烏托邦的本領讓我們望塵莫及。如果我們只是一味排擠好萊塢與迪士尼，又希望發展出本土的電影，以藝術自居卻不了解觀眾的需求，絕對是於事無補。

相對於好萊塢、迪士尼，日本動漫畫則是一種「平行相連」、開放性的文化（迷的文化）、是「由下而上」；是不同於當代資本主義的工具理性式的標準化、大量的生產，而是強調技藝的生產模式。日本動漫畫中的英雄不是好萊塢式的「超人」，超人的確替許多人帶來夢想與帶來愉悅的休閒體驗。好萊塢的英雄讓我們脫離了日常生活，邁入了一個不同的感官世界，在平淡無奇的生活軌道外打通了一條不同的道路。與此不同地，日本動漫畫的英雄是我們這些「一般人」。在日本動漫畫中，生產者是民間大眾，作為創作主體的創作者則是以動漫畫來書寫他們的生命。著作權與盜版的問題在迷的世界中並不是重要的問題；從日本同人誌文化來看，大家都是平行對等的創作者。日本動漫畫的全球化所依靠的並不是資本，而是各地觀賞者對動漫畫的認同與實踐，觀賞者在其中也是行動者，他們可以重寫出屬於自己的文本，對抗資本單向性的灌輸。垂直整合與平行相連各有其擅長之處，本書希望藉由比較兩者，指出我們除了思考或是學習垂直整合的模式外，我們還有另外一種可能性。

第四節

小結：新的文化帝國？

日本動漫畫在其全球化的過程中，雖然受到了許多人的歡迎與喜愛，在各地所誕生的「迷的文化」更讓動漫迷們在動漫畫中重新認識自我、面對生活。但在另一方面，來自不同層面的反對與抗拒之聲也一直存在，有些確實是指出日本動漫畫中惹人非議、需要改進之處，但也有許多是偏執的誤解。在研究文化全球化的文獻中，也常常會有將文化全球化視之為文化帝國主義的論點。日本動漫畫在全球各地掀起的風潮，也常常是有人認為這是一種文化帝國所進行的文化殖民策略。當年菲律賓馬可仕政府在面對日本動畫收視率突破 50% 之時，政府的反應是「日本動畫充滿暴力」、是「日本軍國主義的宣傳」而禁止播映。但最諷刺的是，菲律賓政府所指出充滿軍國主義的《超電磁マジン ボルテスV》（超電磁機械・波羅迪斯V》）的內容是「打倒軍事獨裁政府，使市民革命成功」（岡田斗司夫，1996：54～55）。

對日本是藉由動漫畫進行文化殖民的論點，本書認為這是有待商榷的。就以台灣為例，日本漫畫進入台灣的過程一直是由台灣的出版社所主導，而且同樣的漫畫還會同時有不同的出版社的盜版漫畫。日本對漫畫授權台灣一向是有所保留，曾經還發生日本集英社授權台英公司《聖鬪士星矢》卻被盜版的日本漫畫打得潰不成軍的事件。雖然日本動畫從 80 年代開始在歐美就受到廣大的歡迎，也經由 1988 的《AKIRA》與 1995 的《Ghost in the Shell》掀起風潮，但日本方面還是處在被動的位置，直到 1999 年由《もののけ姫》才正式有計畫性地對外國發表日本的動畫作品，而且這也是日本影片第一次在美國可以有一百多個城市、一千多家戲院放映的規模。在漫畫方面，夏目房之介指出日本漫畫市場還有鎖國的傾向，對外國的出版流通與版權並不積極，對版權與契約的處理也不熟悉（夏目房之介，2001：220～226）。整體說來，雖然日本的動漫畫已如好萊塢電影一般進入全球化的發展，但日本的動漫畫並非是「由上而下」的傳播機制，而是「由下而上」，是世界各國觀眾主動接近日本動漫畫的[11]。

11 就這些事例來說，「日本在全球化浪潮中的位置為何？」是一個值得去問的問題。Longworth（2002）就指出日本對於全球化的壓力與危機相當敏感，不過當深入去理解日本在提出這些像是西方國家熟悉的解決之道與詞句中，日本內部所呈現的還是日本獨樹一格的處理法。日本不但沒有開門迎接全球改變之風，反而把縫隙全部堵死。日本，是個孤獨、自給自足的帝國。這樣的說法，在提到日本的社會結構與商務經營的諸多論述與研究中也時常可見。Robertson（1992）則認為對於日本的孤立，或許可以認為日本從德川時代開始與世界隔絕是一種觀察世界（world watching）的方式，日本得以全球化並不是依照一般我們熟知的西方國家模式，而是從日本傳統的神道宗教思想中所具有的包容性。Gray（2002：213～221）在分析日本的現代化時，指出任何以西方歷史為基礎的現代化模式都不適合從日本動漫畫在世界各國受歡迎的情形來看，日本動漫畫文本與英雄很可能觸及了一些人類共有的關懷與感動之處（平易近人、多樣化豐富的舞台、一般人的英雄）。Jameson（1998）認為全球化是一個傳播性的概念（communicational concept），但在其中涵蓋著與傳遞著文化與經濟意義。這使得用傳播的觀點來解釋全球化永遠無法完備。但 Jameson 也再三提到美國對其他文化、好萊塢對其他民族電影的破壞；希望我們能在樂觀與悲觀的對立觀點中找出不同的可能性。本書認為，一個文化全球化現象也絕對不是傳播力量的強弱所能決定。重要的是蘊含在其中的文化符碼。那麼，以日本動漫畫作為討論對象是相當貼切的。日本動漫畫對觀賞者有很強渲染力，作品中的景觀在於角色的特性，日本動漫畫中的角色常常是「有個性的」；角色的個性會對應到現實生活世界（不像迪士尼多以動物作為故事的主角），引發觀賞者的喜愛與認同。在文本與觀賞者間有高密度的互動。不僅如此，日本動漫畫所引動的全球文化的在地生活實踐，使得動漫畫並非霸權性的宰制，也不是進行文化殖民或是建立文化帝國，而是著眼於文化再生與交流。

因此，我們還需要向文化全球化的論述進行更細緻的對話，處理關於文化全球化現象的分析中，對全球文化將趨向一同、形成新

日本，日本是一種「本土的現代化」，日本的現代化並未真正地改變日本的社會結構與文化傳統。在日本的模式中，有大量的內容是不與外界交流的，確保這一點的是日本極為高度的文化連續性與同質性，其獨特的程度就像是它在江戶時代對科學技術的拒絕一般（像日本在江戶時代，拒絕了近代武器生產技術，從槍砲退回到刀劍）。

的文化帝國的看法，或是多元混合的文化型態將協助各國家、民族進行文化交流等論述。並分析文化工業、文化主導權（cultural hegemony）等理論，梳理日本動漫畫作為一個全球文化的意義。

第四章

日本動漫畫全球化作為文化實踐的省思

全球化與文化的關聯已不再需要我們贅述，然而我們還是需要面對文化全球化究竟是烏托邦（utopian）還是惡托邦（dystopian）的爭議。Tomlinson（2001：79～88）認為各種討論全球文化的當代論述都有其不同的意識型態理念，對於文化獨霸或是種族中心論的議題也有不同的尺度。但單一的世界文化是難以成真的，就以語言來說，單一世界語言在短時間內不可能成為真正的全球語言。同時，我們也要謹記一個人的烏托邦，可能是另一人惡托邦的漫長夢魘。

這個夢魘也就是許多人擔心的文化帝國主義。除此之外，也有許多反對全球化的聲浪，特別是擔心全球化將會促進剝削、支配、不平等的資本主義獲得勝利。不過也有人認為這樣的說法過於簡化。Sreberny-Mohammadi（1997）指出文化帝國主義實際上對所謂的殖民者或是被殖民者來說都是把雙面刃，文化帝國主義本身就有著多重的面貌，問題的核心是「帝國主義所帶來的文化衝擊」。過早去設想與提供行動策略或是綱領都是不智的，必須對各個案例做更詳盡的分析。Tomlinson（2001）認為在處理文化帝國主義議題時，我們不能僅僅去處理文化商品會對文化與意識型態具有潛移默化的影響這樣的看法。重點在於文化是如何被轉化、被理解。Tomlinson認為像 Barber 筆下的「麥當勞世界」、經由純粹商品化準則所傳達的文化視野，實在是過於誇張。真正的實情是在各個地區都會以不同的態度來處理文化商品，「本土化」的力量，不斷地在反抗「全球化」的資本主義力量。

然而這樣還是不夠的，為什麼「全球化＝西方化」的論述始終不斷？本土化、在地化的力量真是能與全球化力量抗衡嗎？最重要、而且不得不一再提出的是，為何我們提到文化全球化的例子都幾乎只能以西方為例[01]？我們得再深入之前許多理論家對於文化產業、文化現象的討論，從這些討論來對應文化全球化的論述，並從其中思索應對之道。

01　或許在這裡需要將麥當勞的例子做進一步的處理，Lull（2002：297～306）認為一些學者將麥當勞視為霸權的說法是不正確的。對許多人來說，麥當勞已經跟他們的生活結合在一起，麥當勞並會因為各個地方改變它們的型態，當然這也是為了麥當勞的利潤。麥當勞是一個「全球性的地方化」（glocalization）的例子。那麼本書要問的問題是「文化混血」的發展是基於誰的立場？為了什麼目的？以及為了誰的利益？如果從這點來說，Lull 所批判的 Ritzer 其指出的「社會的麥當勞化」倒是貢獻良多，Ritzer（2001）認為麥當勞成功與麥當勞化的特徵是效率、可計算性、可預測性與控制。Ritzer 將麥當勞的運作方式與韋伯在討論現代理性化的重要機構「科層組織」做了一番比較，正如科層組織所產生出的鐵牢籠，麥當勞也出現了許多不合理性的結果，猶如一種「橡膠牢籠」（這多少表示這種牢籠是允許逃脫的，雖然這不是件容易的事）。社會正不斷地往麥當勞化前進，雖然麥當勞（化）遇到了許多阻力，但這些阻礙沒有一個能真正阻擋它。許多人將麥當勞稱為「天鵝的牢籠」，這不同於韋伯對鐵牢籠所表達的冰冷，這些人將麥當勞視為極樂世界，而非威脅。那麼，麥當勞真的可以算是有真正的在地化嗎？從這邊來看，麥當勞實際上並沒有真正的在地化（用較精確的話來說，是沒有形成真正的在地性實踐，麥當勞本身的運作「動線」、理性化的操作並不受在地的改變，麥當勞還是麥當勞，充其量只是換湯不換藥、舊瓶裝新酒），麥當勞的在地化比較像是 John Fiske 提出的一種符號學式的游擊戰或者是文化的挪用。
同時，就如同 Herman 與 McChesney 所指出的，雖然近年來我們可以看到各種反對文化帝國主義與種種依賴模式的呼聲，美國媒體輸出下降，其他國家的輸出上升，但這並不能表示問題的解決。這些說法忽略了一個關鍵點：真正主要的入侵是模式的灌輸，其次重要的是商業網絡與全球體系的結合。這些所謂的抵抗與反擊，實際上是複製了原本他們所反對的邏輯。是一種「強迫『自由選擇』的新帝國主義」（Herman and McChesney：2001：190～191）。這就像是上一段的麥當勞的例子，當下，我們希望擁有的是一套能夠真正促進文化交流與讓在地文化有發展空間，讓一般人也可以發聲的全球化模式。

從法蘭克福學派將大眾文化（mass culture）視之為文化工業（cultural industry）的討論開始，文化與商品之間的關係一直是許多文化研究的焦點。法蘭克福學派認為大眾文化是經由資本主義下產生之由上而下的宰制方式。法蘭克福學派的批判主要針對於大眾文化、文化工業的商品化、標準化與強制化，並指出資本主義下的大眾文化是對人民進行意識剝奪、使大眾失去對社會和人生進行反思功能的幫兇。法蘭克福學派重要代表 Adorno（1991）認為這些類型的文化產物對人並不具有正面的功能。真正的、好的藝術是具有自主性、可以對社會的缺陷之處提出否定、提出改變的可能性；而這些文化工業只是肯定當下不良文化的產物。資本主義對文化（不管是以往具有自主性的、或是當下產生的這些複製品）都造成了扭曲與傷害。文化工業使得藝術原本具有的可超越性消失了。它們只是玩弄大眾與時間的花招，一種僵化的綜藝性活動。這些大眾文化所強調的抗爭性是虛假的，實際上它們並不鼓勵人們參與藝術作品本身，而是要人們變成觀眾。讓每個人對藝術的真實體驗貶低為一種可以評價的「藝術的資訊化」。

但面對不管是大眾文化或是流行文化，我們都不能用簡化為「上與下的對立」來分析，文化的接受者本身具有反思性（reflexivity、指人的行為不僅會影響自己，也會反過來對外界造成影響，具有社會建構性）與實踐力，因此我們還要看接受者與環境文化的層面。問題不再是法蘭克福學派認為人必須處理「真實的」或是「虛假的」需求（而且對此兩類需求的區分方式，實際上法蘭克福學派本身的說法也沒什麼說服力，也引發許多爭論；與此相關，Adorno 個人強烈的菁英主義傾向也常是後人批判的焦點）。後來葛蘭西學派認為大眾文化並不是一種生產形式的對立，而是一種妥協的均衡狀態。葛蘭西所提出的「cultural hegemony」不光只是一般我們所認為的「文化霸權」，毋寧是「文化主導權」，意謂著文化是一個不斷流動、鬥爭的場域，而不是單方面的制壓，文化若要取得正當性，也是需要其從屬團體的同意。文化主導權會細緻地去操縱各種符號與媒介，這表現出主導權本身的基礎是不穩定的，更意謂著沒有所謂永遠強勢的文化。回到大眾文化的消費行為來說，人們也可能依文化工業所提供的商品戲碼中去創製文化。文化之所以重要就是因為文化是一種生活的實踐，法蘭克福學派與葛蘭西學派對文化工業（大眾文化、商品）的看法就是他們對如何取得生活實踐的討論。

法蘭克福學派所謂的宰制是因為一般大眾無法生產，僅僅是被動的接受者、消費者，人們沉浸於商品拜物教之中，人與人的關係為商品所異化取代，大眾是被文化工業化約而成的單面向的人。法蘭克福學派的著眼點在於生產的過程，那麼如果要將日本動漫產業視為文化工業就必須回到其生產脈絡。但就日本動漫畫而言，其生產邏輯的核心在於創作者在創作中實踐了主體的存在意義。徐佳馨所謂的日本動漫畫是龐大的文化工業、日本藉動漫畫進行文化殖民，應是修正為日本動漫畫與全球化時代的相臨，全球化會去吸納具有吸引力與生產力的事物，日本動漫畫就是其中一例。日本動漫畫也並非是支持資本主義、讓人民變為同一性，順從一致的文化工業。日本的動漫畫也具有批判社會的正面功能（如朝日新聞的「ガンダム論爭」）。從當代興起之文化研究的發展脈絡來看，像 Hoggart（描述工人階級的生活與文化創建）、Williams（文化是一種整體的生活方式）、Thompson（文化是不同生活方式之間的鬥爭）等人的研究都指出文化不僅僅只限於高等的藝術文化，文化是具有社會生活的意涵，是實踐於日常生活的點點滴滴之中的。本書要談的是文化生產與文化消費的結合才是真正的文化實踐。

對我們而言，重點在於處在無法迴避的全球化下，我們要如何獲得文化學習與成長的契機，而非排他。在這點上，日本動漫畫提供我們思考的切入點並有著重要的貢獻。但我們也不能陷入盲目的樂觀。我們也相信那些批評全球化是帝國主義的論述是有其價值的，它們提醒我們不能沉浸在全球化表面帶來的文化共處、交融；讓我們不會是處於被動立場的接受者，而能進行反省與實踐。

在當今論述文化全球化的議題中，關於一體化的文化或是文化帝國主義的論述，常常是未加思索地將文化、傳播與消費混在一起，讓論述失去了其物質基礎與細緻的實踐過程，論述變得只是在空中打架，高來高去，未能與日常生活、與一般大眾產生互動與共鳴。這些論述打不破商業機制的傳銷力量，或是僅著重於閱聽人，認為消費者有著閃避資本主義的力量，並從中獲得快感的談法，都不斷地在複製二元對立的思維。它們的問題在於沒有去處理文化行動者

（或是職業工作者）本身所具有的志業與獨立性，資本的力量不僅僅是單向性的，媒介與行動者的關係需要我們做妥善的整合，而非對立。

為了避免陷入二元對立的思維、更為了了解全球化的運作過程，我們需要進一步去處理全球化與在地化的關係。

第一節

全球化與在地化：對在地生活實踐可能性的反省

全球化並不是單向性影響各地的過程，全球化也不光是由西方主導，而是一個複雜各個地區國家交錯影響的歷史進程。當我們提到全球化時，我們絕不能忽略掉全球化另一面是在地化；在地化是全球化實際運作的情形。Dirlik（2001）認為全球化是指向一個明確的、包含經濟、政治、社會、文化的變動過程，而不僅僅是幾何學或是空間上的想像。在討論全球化時，我們不能將在地（local）放在全球概念的附屬位置之上，或是視在地為第一世界傾銷商品之處。全球與在地兩者間是一個複雜的網絡關係，全球性會表現於在地，在地在網絡的作用下會出現在全球的情境中，失去了在地的生活是有問題的，在全球化資本下，我們要再度肯定在地的價值，並且是由社會大眾來肯定。Friedman（2001）認為當下談到文化融合與文化多元的概念多半不是來自一般人民，而多是源自政治或是文化菁英，對在地的人來說，在地化的運動並須由他們親自行動，而且這些參與者更必須清楚地知道在地化運動的關鍵。

1) 全球化與在地化的連結

對許多人來說，全球化並不受到他們歡迎，因為全球化對侵蝕了他們的生活，在全球化下，他們只是被邊緣化的一群。全球化似乎意謂著消滅在地文化，擔心全球化將帶來前所未有的剝削、支配與不平等的說法也從未停息。全球化與在地化常常是處在緊張的關係下。然而這種對立式的思維並不是解決問題之道。我們要思索的是如何處理全球與在地間的網絡關係。孫治本（2000）與劉維公（2000）在這個問題上都提到全球化與在地化的連結是與個人、日常生活緊密關聯。在全球化下，個人主體的位置變得更加重要，要理解全球化並不一定要從巨觀的架構下去思索，全球化會體現在個人的日常生活，在跨國生活風格社群的一舉一動中。那麼，我們要如何去理解在全球化下的個人與日常生活？

孫治本（2001b）認為傳統社會學在分析社會結構時，所使用的基本框架已不再適用於當下多元化的社會，他提出「個人主義化的社會分類」[02]；並認為生活風格是可以作為社會分類的標準。從 1950

02 詳細的論述請參考孫治本（2001a）〈個人主義化與第二現代〉一文，在此文中孫治本強調社會階級模式無法涵蓋生活世界中的許多面向，傳統社會不平等是建立在階級上，但現在社會不平等愈來愈個人化。在對個人主義化的論題中包含「社會解體」與「社會再整合」。生活風格的議題在個人主義化的社會中則有相當的年代開始，特別在消費社會的來臨後，「後現代」的說法廣為人知。孫治本則以德國學者貝克所提出的「第二現代」與「後現代」區別開來，認為傳統現代性的解構並非現代的終結。孫治本主張生活風格足以成為社會分類與社群建構的標準，並且個人可以選擇、建立自己的社會分類標準。「非……即……」的社會分類原則，應為「既是……也是……」所取代。這種運用生活風格所進行的社會分類，在體驗、描述、理解的方法研究上是可以增加現在日趨複雜的社會結構之理解的。孫治本更認為，社會學不去研究生活風格這樣日趨重要的現象是相當可惜的。他並以「卡通漫畫族」（本書稱為動漫社群）、「電玩族」的龐大人口與網路也提升了生活風格概念的重要性為例。

全球化對於生活風格的發展，無疑地是一個重要的因素。Hahn（2001）說：「全球化出現於全球結構（複數）和認同的新交叉中；此一事實表明，全球化的矛盾主要會在個人的生活風格中被發現。」如「全球地方化」一詞所透露的是「特殊性變成一種全球價值」，地方與全球是處在一種相互滲透的過程，個人的認同變得愈來愈複雜，人們會要求對地方價值忠誠，但又欣賞普世價值、也參與普世的生活風格。

重要性，孫治本認為個人主義化的社會分類與傳統社會學的分類在於前者是只要個人認為某種風格對其日常生活乃至生涯史的形塑具重大意義，他便可以此為標準將自己界定為某一類別的人。

如果我們說生活風格的重要性是存在於從現代到第二現代的諸多特徵（民族國家的瓦解、全球化、階級的崩壞、個人主義的興起）中，那麼我們也必須在回到資本主義與現代性的發展上，同時，生活風格與消費行為有著極為密切的相關性[03]。

消費是現代社會主要（但並非唯一）的文化場域。而且，由於資本主義不斷開發消費工具，消費文化在現代社會的發展更是愈加活躍（劉維公，2000）。在我們的社會裡，生產已不再是唯一的重點，消費已日愈重要，說不定還超過了生產。就像 Baudrillard 認為消費不再以需要為基礎，而是欲望；消費是永無止境的；它不能被概化為一種物質轉變的過程，而是理念的行動（Bocock，1995）[04]。而且「消費主義已經成為資本主義的實踐意識型態，它在西方和其他社會型態中，在廣大人民的日常生活與活動中，讓資本主義取得合法性」（Bocock，1995：178）。Warnier（2003）直指「文化全球化」一詞意謂著「文化產品」在全球層面的流通，工業產品就是文化產品（雖然文化等同工業是人類歷史的新近現象），而且商品的網絡還強化了文化交流。文化全球化真會導致美國化嗎？這可能只是一種幻覺，但傳統文化的快速消失卻是不爭的事實。Warnier 並

03 像「符號消費」即是代表物品的價值只有在具有文化符碼時才得以彰顯，在符號消費下，對物品的消費就是在形塑消費者的生活風格。

04 Baudrillard（2000）在《消費社會》裡指出，消費不是為了或是生活經濟需求，人的存在不光是為了消費，在人有辦法「浪費」的時候，這個人才存在；就連休閒（常常被視為是對自由的支配）與時間都被商品化。休閒已經變成是「可以自由地耗費時間」，時間真正的使用價值，就是被消磨、被浪費。

不是個商業至上主義者，雖然他認為市場有助文化挹注，但他也指出市場卻是依據著獲利標準行事，且它與民主方式的選擇，以及文化的考量毫無直接關聯。面對工業家及商品，就需要有公共機構去為實現其重新平衡與反制力量的行動而努力。在這裡必須指出，在地式觀點的全球化研究勢在必行。而其中最重要的一個切入點就在於消費。我們很難不去承認消費主義已經是許多人的生命動力、美夢。新消費工具也代表消費文化的改變，消費已經成為文化活動，而不單單是滿足需求；許多消費理論中也都不約而同地將消費指向個人對自我與生活風格的形塑。就像許多產業轉向以消費，而非生產為中心，現代人對自我存在的認知也從職業工作轉向消費的生活風格之上。Storey（2001）認為文化消費是一項社會活動，也是一種日常實踐。文化消費並不是消費一種被標示為文化的物品；文化消費是一種生產文化的行動，文化既不是文化工業的產物，也不是消費者的挪用，文化是兩者積極結合的結果。文化消費就是文化的實踐（cultural consumption is the practice of culture）。那麼生活風格的興起與本書所強調迷的文化的實踐性這兩者的結合，無疑地是強而有力的文化實踐。

然而，我們還是得再度回到全球與在地的關係，處理這是否是一個中心／邊陲、主流／弱勢的關係。在這點上，後殖民論述提供了相當豐富的討論。

2) 後殖民論述

徐佳馨（2001）在處理日本漫畫與全球化風潮時，就特別強調了全球化與後殖民論述的緊密關係。她認為在全球化風潮中，人們還是受到殖民時代所留下的文化荼毒。文化霸權結合了文化工業，擁有了更強大的力量。徐佳馨認為我們正身處於後殖民時代所面對的危機，在「世界」與「普同性」下，習慣於外來的「文化母國」所加諸我們身上的生活型態。在徐佳馨的談法中，我們看不到文化行動者，只見一群無主的幽靈抬頭仰望、期待著文化母國的施捨。在此文化的運作是一個單向性傾輸過程，資本的力量所向批靡，本土的產業只是越來越虛弱，毫無希望與生機可言。然而，在此必須指出後殖民論述並不是一套整齊劃一的看法，對於殖民、獨立與兩者交互穿透的歷史，許多後殖民的研究者所抱持的觀點是相當殊異的。為此，本書還得進一步處理後殖民論述。後殖民論述並不僅僅只是一種二元對立的分析（如東方／西方，主人／奴隸），許多後殖民論述對於歷史與文本的分析固然有相當的貢獻，但論述本身的實踐性更有待我們剖析，此處特別以後殖民論述中的後殖民科學來切入。

Anderson（2002）認為「後殖民」，並不是單純地與全球化現象相關，也不是單單地慶祝殖民主義的結束。在後殖民論述中，要處理的有資本主義與科技的政治經濟的變化、全球與地方重新相互建構的關係。然而後殖民科學將集中於全球與在地的關係。後殖民科學更集中於物質與技術的分析，而不是一些文學性質的表達方式

（textualism）。後殖民科學是一種歷史的寫作，處理知識與實踐在全球的流動、強調二元對立式的架構不再通用，科技將會重新連結全球與在地的認同，並挑戰全球／在地的區分方式。Anderson 認為後殖民科學論述不同於其他一些後殖民主義的說法，有些後殖民主義實際上是以另一種方式，複製了霸權式的想法（如 Said 的《東方主義》），停留在處理論述、權力與宰制的觀點上。重點是要思考實踐的可能性，而不是在理論論述上打轉。後殖民科學是替弱勢族群找到一個實踐的可能架構，試圖打破中心／邊陲的思維（前文所述徐佳馨的談法就是在中心／邊陲思維下的產物）[05]。

Verran（2002）則以比較澳洲土著的對防範草原大火而進行的「worrk」，與科學家經由科學試驗所發展的「prescribed burnning」，試圖去顛覆西方的科學是具有普世價值與理性至上的說法。Verran 認為不管是「worrk」還是「prescribed burnning」都是對共同記憶的操作化，並沒有優劣之分。在後殖民科學的思維中，我們可以看到一種交錯複雜的網絡，在其中沒有中心，只有許多的節點。King（2002）則是藉由對美國想要推動的全球健康管理體系的歷史分析，指出一個在地化的實踐是如何擴展到全球規模，同時也處理在所謂的在地實踐裡也是具有相當複雜的網絡（特別是政治與經濟），在全球化的過程中，所謂被放置在接受者、也是弱勢的其他

05 後殖民論述的一個核心就在於批評西方主流話語，不認為西方就能代表全人類的普同性。陶東風（2000：50～52）就提及後殖民主義拒絕把歐洲文化特權化、普遍化。後殖民主義指出歐洲的哲學與文化在提出普遍性要求時，從來沒有考慮非歐洲世界的知識，以及自己對非歐洲世界的無知。後殖民主義要「把歐洲地方化」（provincialising Europe）。

地區也有其因應之道。中心、強勢的國家常常要依靠其他的地區（像是製藥業，因為開發藥品的成本與風險，所以反而是需要其他（衛生較落後）地區的訂購，而不是一個中心宰制地方的關係）。從上述的討論中，我們可以見到在地實踐與全球網絡的互動關係是全球化的核心。而本書的焦點所要談的是一種在地文化擴展到全球的過程，其中最重要的並不是傳播管道或是跨國公司。重要的是在地文化是如何被實踐的。雖然後殖民科學處理的是技術，技術也確實與文化有許多不同之處（特別是在全球化的架構下，「文化」有著濃厚的商業氣息，又增添了一些其他的面向與處理上的未定之數），但藉由後殖民科學可以我們提供一些不同的想法，將這種模式移轉到文化實踐上也是有意義的，有一個共同的目標是在於豐富全球性的科技（文化）實踐。同時，後殖民科學也有一點值得參考，就是對於它著重於物質實踐面，而不單是意識型態的論爭。就像迷的文化是一種具有生活實踐意涵的文化與行動，而不僅僅只是消費與文化認同的問題。

在這裡還需要更進一步地說，在地的文化要得以全球化的路徑在於，一方面是把自己變成核心（經由深刻的在地生活實踐，每個地方都可以成為新的中心）；一方面也是擴散化（然而擴散化並不一定得依靠資本傳銷網絡，文化必須有深厚的象徵與生命意涵，經由文化行動者而使文化生生不息）。全球化或是網際網路的興起使得個人可以接觸到更多元化的事物與資訊，個人得以成為行動者，尋求他們所想要的。

第二節

日本動漫畫全球化的文化意涵

日本動漫畫全球化最重要的特色之一就在於有在地性生活實踐的產生。這個特色更是我們分析日本動漫畫文化時不能疏漏的要點。因為這個特色，我們更得以描繪出日本動漫畫全球化的文化意涵。以下就「日本傳統文化的再生」、「對全球文化的啟發」與「共享的價值」三點來進行討論。

1）日本傳統文化的再生：文化在地化實踐的重要性

在第二章本書從日本動漫畫的發展史切入，指出日本動漫畫的發展是以動漫畫創作者的志業為基礎，配合上動漫畫迷的誕生與互動，這樣的特色使得日本動漫畫在面對其邊陲文化處境時，依然建構出其公共論述，使動漫畫文化深入社會民間大眾。最重要的是我們回到了日本傳統的職人文化，日本動漫畫文化的發展其實是有其歷史與文化脈絡可循；即使在當今資本主義稱霸，日本動漫畫產業依然堅持技藝與師徒相授。日本動漫畫文化得以發展的主因是因為它們是從日常生活取材，創作者就是這些觀看者，這使得日本動漫畫成為人人可得的志業。Longworth 與 Robertson 都認為日本的全球化不同於常見的西方模式，他們認為日本是一方面堅持他們本身具有的特殊性、與世界保持距離，另一方面藉由這些特質進入世界。這種特質是什麼？我們在這邊可以很明確的指出，日本的全球化模式可以從動漫畫文化中見到其精粹：「對傳統文化不斷進行再製、讓文化得以在地實踐。」

然而日本這種文化全球化模式也有其缺陷：對外的封閉性太強。我們所需要的絕對不是將文化封閉起來，封閉性並不代表本土化，我們需要的是讓文化能常保開放性。從日本動漫畫所學到的是文化在地實踐的重要性。從這邊我們將進入到日本動漫畫全球化文化意涵的第二點。

2）對全球文化的啟發

日本動漫畫全球化的意義是什麼？是一種不同的思考方式，文化全球化不一定得依靠商業機制，而是各地的在地實踐，必須理解在地的實踐力與其文化的象徵符號價值，我們可以在日本動漫畫的全球化中窺見端倪。這種在地實踐同時結合了身分認同（像蕭湘文調查的許多漫畫迷說：「我是日本漫畫迷，而不是漫畫迷」），也是生活組合（像 OTAKU、同人誌與 cosplay）。在全球化的衝擊下，在地文化的實踐意涵不能只是「侷限於在地」，文化將不斷擴散與重組，文化的競爭力也不是靠政府支撐或是補助，可惜的是，依靠政府一直是主流的思維，許多人指出台灣的文化活動或是電影等等必須依靠政府，沒有辦法靠市場機能來運作，這的的確確是實情；但是這個實情的源由是什麼？為什麼本土文化活動與市場無法並存？我們見到日本動漫畫的蓬勃發展與全球化依靠的都是觀賞者的熱情與參與，OTAKU 所代表的是一種實踐性生活風格的誕生，蘊含在其中的更是一種專業倫理與對技藝的執著。日本動畫從失敗到重生，那我們的在地文化呢？相信文化必須真正能夠深入民間大眾才得以良性發展。

同時我們也要強調，文化全球化不一定就是需要以排他、獨佔作為策略。在第三章本書曾對日本動漫畫與好萊塢、迪士尼進行比較，強調這兩方的差異在於「平行相連」與「垂直整合」。本書相信，在全球化時代裡，文化所需要的不是垂直整合或是與之相連的排他、獨佔；我們需要的是平行相連，就像是前文提到後殖民論述中蘊含著的「各地都可以成為中心」。然而，「各地都可以成為中心」並不代表各地之間獨立，互不相干；而是會有相連與共享的價值。

3）共享的價值：不光是產業或是文本的意義，而是文本與迷的結合

Allison（2000）認為《美少女戦士セーラームーン》帶給全世界女性一種以往未曾出現、不同於男性主導文化下出現的「Superman」文化，是同時結合了奮戰、勇士及英雄氣質，但又是女性羅曼蒂克、友情與美麗的新英雄。這是由日本傳來具世界性、跨文化的超級英雄。Levi（1996）說經由日本動畫，美日的新世代得以分享他們青春年華，甚至是未來；他們彼此不再陌生。在未來，歷史社會

學者或許會說，美國 OTAKU 的誕生是在後冷戰時期中最具意義的事件。Napier（2001：27～34）表示在全球文化的浪潮下，日本動畫依然是一個當代日本文化原創性的產物，但在日本動畫無邊際的領域中提供的並不是一個可以簡單劃分為「日本的」與「非日本的」動畫風格，日本動畫創造的一種新的藝術風格、並且是一種對於社會傳統表現模式、是人類想像力的共有財產的呈現。

本書並不像 Allison、Levi 或是 Napier 等人那麼大膽地宣稱日本動漫畫（在文本上）具有普世性的價值，但至少可以指出日本動漫畫的全球文化在地實踐是一種有力的文化發展與生活結合的可能性。這樣的可能性才是我們可以共享的，在其中，我們所擁有的不僅僅是文本，而是讓文化的意涵得以使我們探索自我、尋找主體的存在。

本書以日本動漫畫的全球化來思考在文化全球化的議題中還需要對一種針對於在地性之生活實踐的探討，希望藉此突顯與釐清文化與傳播間糾葛不清的關係與文化在全球化時代裡必須重新思索文化多元性與文化帝國主義架構，日本動漫畫的全球化是不是象徵著另一種文化帝國主義的誕生，現在還很難說；就算是，那也是必須重新界定與論述。

第三節

一個衍生的問題：日本動漫畫全球化對台灣動漫畫發展的再思考

1）台灣動漫畫的困境：不是產業與技術，而是缺乏志業、創作精神

為什麼本書那麼強調理解日本動漫畫的重要性，而不直接處理台灣本土的動漫產業與作品？本書相信，我們首先必須要了解日本作為世界上最龐大的動漫畫生產國的原因；而不是簡單地以日本是動漫王國這樣的一句話就一筆帶過；而且今日在台灣的動漫畫迷所看到也幾乎是日本作品。我們絕不能忽視日本動漫畫的吸引力與特長，就想著我們可以、也一定能有自己的動漫畫。蘇蘅（1994）的調查指出 88.7% 的讀者看的是日本漫畫，看本土漫畫的有 8.3%。蕭湘文（2000）在〈漫畫的消費行為與意義：漫畫迷與非漫畫迷之比較〉一文中也指出不論是漫畫迷還是非漫畫迷都以日本漫畫為閱讀的主要考量（漫畫迷有 80.4%、非漫畫迷有 95.0%）。我們所要關心的不只是現今的台灣動漫業界，更是未來可能進入動漫業界的人。我們也必須承認台灣漫畫受到日本強烈而深刻的影響，但如果只是一直強調本土化，要求脫離日本風格，而不了解為什麼台灣讀者為什麼看日本漫畫不看台灣漫畫，這無疑是緣木求魚的做法。回顧台灣漫畫界與漫畫研究者時常提到台灣漫畫發展不彰很重要的因素是由於漫畫審查制度扼殺了本土漫畫創作；同時又讓盜版的日

本漫畫大舉入侵，使得台灣充斥著日本漫畫，後來本土漫畫更受日本漫畫打壓。漫畫家牛哥還在 1980 年發起了一次「漫畫清潔運動」，從抗議國立編譯館對台灣本土的創作百般刁難起，到控訴日本盜版漫畫的氾濫，舉辦了一連串的展覽與座談而轟動一時（洪德麟，1999）。但當下我們所面對的是：①既定的歷史事實，同時現在的本土漫畫創作有相當多數也脫離不了日本風格，我們要問在此情形下我們首要的工作是什麼？②為什麼日本的動漫畫在其他那些沒有漫畫審查制度的國家也大受歡迎？難道說沒有漫畫審查制度，我們的漫畫讀者就不看日本漫畫？一定會看本土漫畫？歷史已成定局，只說「假如」對當下不見得有真正的助益。必須強調，我們不能單以文化侵略的觀點來解釋日本漫畫與其文化，我們需要的是思考漫畫作為一種「文化」產業所需要的要素。

當今台灣漫畫業界最大的問題就是故事沒有吸引力，筆者在這裡還得強調「要會說故事前，要願意、也要會看懂別人的故事。」曾任漫畫編輯的顏艾琳（1998）提到：「一個完全的漫畫作者，可以完全腦手連線，製作出完全私人風格的作品。但是不會編劇，而強迫自己去拼湊故事，或沿襲、拷貝他人的故事內容，這種非原創性的作品，如今大量充斥在台灣漫畫裡。」在此還要強調更重要的是：「不會關心別人故事的人，他的故事也沒人會關心。」就今日的台灣漫畫界來說，確實是不太關心別人的故事；滿腦子只想著自己的問題，卻不去注意整體的大環境或是試著與讀者建立連帶。我們不能一直只是期待有「天才」漫畫家的降臨，即使是日本漫畫之神手塚治虫為了理解動畫也看了超過數十遍的《白雪公主》、《小木偶》，看《小鹿斑比》的次數甚至達到 130 次！在看《小鹿斑比》的時候，是從電影院一開門就待到關門；手塚並不是只看動畫影片，還觀察觀眾的反應，思考為什麼這個地方觀眾會有這樣的反應。在手塚的自傳及 1981 年發表雜誌上的一幅插畫中，我們可以了解到手塚相當地崇拜迪士尼，在那張插畫中手，塚在圖畫的左下角看著遠方頭上發光被群眾包圍的迪士尼（手塚筆下類似於此的插畫還不只一幅）。但手塚並沒有抄襲迪士尼，而是觀察分析迪士尼受歡迎與成功之處，並打造出不同、也不輸給迪士尼的動漫畫王國[06]。這正是台灣動漫畫產業所需要的精神。而這種精神還是創作者的生命志業，就像是手塚說自己的生命是「漫畫人生」；身為醫學博士，也從事文學寫作，更是動畫製作人和監督，即使在與漫畫無關的書籍或是訪問時，當別人問到手塚的稱謂，手塚都是毫不猶豫地回答：「我是漫畫家[07]。」1956年當漫畫放逐運動正如火如荼地進行著，日本社會各界交相指責漫畫為有害讀物時，手塚提出了他的主張：

> **小孩子的讀書能力低下並不是漫畫風潮的錯，漫畫的速度感和現代感是現代兒童文學作品所沒有的。現代的兒童文學作品，以溫吞的手法來描寫一些日常生活的事。對小孩子而言，這些千篇一律熟極而流的東西已經感到厭煩了不是嗎？（中略）另**

06　本段資料引自《手塚治虫全史その素顏と業績》，頁180～183。

07　引自《ぼくはマンガ家》，頁276。

外還有一點，我認為現代的兒童文學並沒有所謂夢想這樣的東西，因此小孩子都到漫畫中去尋求他們的夢想了。我的漫畫，漫無節制也好，胡說八道也好，低俗不雅也好。但是我給了孩子們夢想。現在的小孩，正是缺乏伸展悠然的夢想，寬廣無限的夢想。我正是為了這個理由，才不斷著畫著漫畫。

引出這段話的 AIplus 說：「這是非常激烈的發言，也展現出手塚對自己心血創作的絕對信心。今天的台灣漫畫界，有幾個漫畫家，幾個出版商，幾個編輯者能夠挺胸說出這種話（AIplus，2001c：270～271）？」

2）發展動漫畫文化意涵的必要性

本書不僅要處理台灣動漫產業的結構問題，問題不光於此，真正需要處理的是創作者對「故事」與「技術」的看法，當一個創作環境著重的是「技術」而忽略「故事」的意義時，我們更必須思考發展動漫畫文化的可能性，因此，OTAKU 就更應該被重視；OTAKU 是一群有特別技巧去看故事，也會說故事的人。最重要的是 OTAKU 就是發展文化意涵的行動者。

台灣漫畫在 1992 到 96 年蓬勃一時，但這幾年為什麼每況愈下[08]？

08　如 1992 年創刊的純本土漫畫刊物《龍少年》、《星少女》、也於 1998 年、2000 年相繼停刊。

洪德麟提到這與漫畫出租店和網際網路、網咖的興起有關（洪德麟，2003：130～131），漫畫出版社「東立」也抱持著類似的看法（聯合報 2002／1／29，第十四版、聯合報 2003／2／20，第十四版）。然而問題並不是如此單純，重點是讀者為什麼不願意購買本土漫畫、為何漫畫迷們會說自己是日本漫畫迷而不是漫畫迷，更別說有人會認為自己是台灣漫畫迷了。台灣的許多漫畫實際已淪為三流的模仿日本漫畫，但是這不只是漫畫家本身能力不足，出版社要求漫畫家要「學習」（實際上是抄襲）日本漫畫早已是公開的秘密。另一方面，台灣漫畫出版社的漫畫印刷與翻譯品質的惡劣長期以來一直為讀者所詬病。許多人寧願買日本原版漫畫，而不願買台灣的翻譯本。漫畫家沒有專業倫理，草率的面對創作也是問題。當然，漫畫家薪資過低，得面對生活壓力也是重要因素[09]。作為漫畫家與出版社協調者的編輯也沒有發揮功能。原本應該作為支持漫畫發展的同人誌界一窩風地向錢看，只畫單張的插畫，卻不從事漫畫創作。新聞媒體不知同人誌的意義，將「同人誌」與「化裝舞會」混為一談者大有人在。傻呼嚕同盟的漫畫丸說：「日本商業漫畫和

---

09 夏目房之介曾至亞洲各國研究各地的漫畫創作生態、並訪問各地的業者與漫畫創作者，他指出台灣的漫畫家的漫畫版權歸出版社所有（日本則是著作權歸漫畫家），而且版稅不高；以一般台灣漫畫家漫畫單行本發售約 2000 到 3000 冊來說，漫畫家所得到的版稅約 11250 元台幣，漫畫家一年大約能出兩本單行本，而以一個大學學歷漫畫家來說，月薪起薪 25000 元台幣。再加上這一兩年來台灣漫畫雜誌相繼停刊，使得許多漫畫家只有轉業從事插畫或電玩人物設計（夏目房之介，2001：162～163）。廣林院散人（2002：136～138）以計件方式來算，有知名度的漫畫家一頁的稿費約2000～3500 元，新人頂多1000 元，而且還要扣掉漫畫用具、聘請助手開銷與 15% 的所得稅後，收入根本是少之又少；所以近來台灣漫畫界幾乎沒有新人。不管是月薪或是計件稿酬，台灣漫畫家的經濟條件普遍不佳。

業餘漫畫的真正運作的差別，僅是在『出版社贊成出書』和『不經出版社自行出書』。台灣商業漫畫是『和出版社妥協過』，而業餘漫畫是『決不和人妥協』，這種極端現象，甚是異常（漫畫丸，2001：208）。」更別說台灣同人誌界與商業界彼此看不順眼，一個分崩離析的漫畫創作界，怎麼會有好的作品？另外就動漫迷文化來看，台灣常常忽略掉學校內的動漫畫社團，社團可以提供動漫畫的資源與資訊、有同好可以分享對動漫畫的喜愛與合力舉辦活動。而且學校內的動漫畫社團所涵蓋的面向更較同人誌團體來得寬廣，在資源、組織與傳承上也有著相當的發展潛力[10]。

就像台灣讀者所選擇的漫畫作品絕大多數為日本作品一樣，日本的動畫作品亦是台灣動畫觀賞者主要的觀賞對象。而當下台灣動畫業界所作的多是代工，還沒有像漫畫業界已有一些發展；從思考日本動畫的意義、動畫迷的生產力與社會環開始，這將是作為思考動畫產業在台灣發展的可能性的基礎[11]。

---

10 筆者曾擔任過動漫社團的指導老師與外聘顧問，並做了一些問卷與田野觀察分析台灣動漫社團的情形。個人認為在台灣若要培養出動漫畫文化，就必須著眼於動漫畫社團。就以學校性質的動漫畫社團來說，由於它具有固定資源、場所及在招募成員的便利性，而且在主題上也較為多元化，所以是個人近一兩年來優先研究的對象；至於相關的研究請參見拙著（2002）〈網際網路與動漫社群的再現——網際網路是否帶來動漫畫社群新的可能性——〉，此文處理動漫社群的特性與網際網路的功能，思索動漫畫社團如何運用網路來協助社團運作、與外界聯繫甚至是發表動漫論述，刺激動漫畫文化生產等面向。

11 黃明月（1995）經由國內動畫從業公司與電視台相關人員的訪談指出動畫業界發展困難的主因：缺乏編劇人才、資金、先進科技的運用。同時，電視台也傾向以較低的成本花費購買外國的動畫影片，而不願意投資在國內的相關產業。李彩如果處理台灣漫畫產業卻只注意生產、傳播與產業收益的話將會陷入兩個困境之中：①只是回到如法蘭克福學派對文化工業的批評，他們的分析有其深入、獨到之處，但並不能適用於所有大眾文化。從這樣的觀點再來看漫畫產業無疑是雪上加霜，讓原本已是弱勢的漫畫產業更加編陲化；②如果只強調經濟與產業的面向很容易變為只會是一個表面膚淺的論述、而沒有深化的途徑和可能。台灣社會長久以來一向將動漫畫視為不入流的「流行文化」，在論述的焦點上更是集中於「流行」，而不顧其「文化」層面。這種思考方式需要被改變。同時本書也不願意落入所謂的大眾文化是文化工業或文化是「由上而下」的對立之中，而毋寧是葛蘭西學派認為大眾文化介於兩者之間，是「妥協的均衡狀態」，人們會從文化工業所提供的商品戲碼中去創製文化（Storey，2001）。文化的接受者本身有反身性，也要能對產業進行回饋，接受者與環境文化的層面必須受到重視，而不是提到動漫畫就想到保護兒童與青少年。這正是我們一直在強調 OTAKU 的緣由。

琴（1997）説到本土動畫從 60 年代萌發幼芽，70 年代接受日本、美國的加工委製，在 80 年代達到高峰期後，優勢的地位動搖，加工業務逐漸外流。李彩琴對國內動畫的發展是悲觀的，一方面因為手繪動畫產業的流失，一方面也因電腦動畫的技術也尚未接軌，另外，她也期待能經由漫畫來牽引動畫發展。不過，國內最大動畫公司宏廣的社長王中元接受日本訪問時也提到台灣要製作原創性的作品相當困難，台灣的市場還不足以產生大量的動畫作品（アニメ批評編集部，1999a）。在後文，我們還會提到近來台灣動畫產業的發展策略，就不在於開發台灣本土的市場，而在於進軍國際。

不過現在還不是下結論的時候，台灣對於動漫畫的看法，一直交織在有害與有益兩套的論說方式之中；但不管是「有害」或是「有益」與相關的「教育論」，存在於其後的邏輯都還是一個「管制的問題[12]。當下的工作還是在於先理解動漫畫的積極意義以及同好。

---

12 只要我們打開媒體或是進入網路、學校，都可以看到漫畫教育論的蹤跡。「漫畫教育論」認為漫畫是必須經過教育機構、人士來做篩選，漫畫是好是壞需要家長與學校共同合作，「教導」兒童選擇「好的」，除去「不好的」是當務之急。漫畫教育論強調要建立漫畫分級制度，避免下一代受到煽情、暴力、粗俗的漫畫污染，同時要挑選出優良的漫畫作品，父母要以開放的態度、以關懷接納的方式與孩子一起選擇漫畫；同時，他們會去提到公正客觀的第三團體的存在是不可或缺的。林蕙涓（1995）認為我們並不像日本有妥善的漫畫分級制度，兒童與青少年所接觸的多半是成人漫畫，漫畫分級制度的實施有其必要性，光是大人的圍堵與禁止是無濟於事的。大人必須避免兒童沉浸色情漫畫、模仿漫畫人物而言行偏差；要以積極的態度去輔導兒童以正常的心態閱讀漫畫。

前幾年《灌籃高手》在台灣引起籃球風潮，張元培（1997）就認為《灌籃高手》未嘗不能作為體育課程的教材，但讀者能否辨識漫畫中的正面與負面價值還是需要家長與教師的導讀與解釋；許多讀者看到的只是漫畫中的偏差行為，例如染髮、打架。林淑貞（1996）認為漫畫有正面的價值，但也有負面的影響：對傳統價值的顛覆（漫畫常會否定對於傳統的大人權威）、對「性」的好奇與誤解、沉溺其間無法自拔與競相仿效劇中人物，林淑貞在結論時又回到漫畫審查制度的建立是當務之急的論述之上。她認為如果不加管制，漫畫對青少年將成為更甚於毒品的「毒（讀）物」（但什麼是公正客觀的第三團體，在面對動漫畫文化現象時，社會公部門、文化評論機制真的有發揮它們應具有的功能嗎？對於動漫畫進行公共論述的場域是存在的嗎？漫畫審查制度真是仙丹妙藥嗎？）。我們可以看到，談漫畫教育論的人很少會真正地去看漫畫、了解漫畫；想到的還是家長、學校還有規範，像是要檢查書包，沒收漫畫等等；重點還是在「好的」與「不好的」之間做出選擇，是替兒童作出選擇。所以在台灣的漫畫教育論一直都與漫畫分級制度形影不離。對於動畫的論述也不脱漫畫教育論的思考範疇。

一樣是談漫畫教育論，教育學出身的筑波大學教授谷川彰英（2000）則是較我們走得更遠、擁有更廣的視野；在《マンガ　教師に見えなかった世界》（漫畫　過去教師所未見到的世界）裡，他深刻地去理解漫畫作為獨立、特殊的文本類型在教育上的意涵。這本書中對許多漫畫作品做了詳細的解析。長期進行漫畫研究的谷川彰英也在大學中以漫畫作為教學材料，對於推動教科書結合漫畫的教學方式台灣動漫畫產業的問題並不是出在技術層面，更重要的是需要重新檢視閱覽者（將來可能就是創造者的人）的層面。這方面的討論在台灣一直不多；同時，真正去深入日本動漫畫整體發展、探討其意義的研究也屈指可數，多數可見的資料還是未能了解日本成為舉世聞名的動漫畫大國的原因，有時候只以美國漫畫、卡通的研究文獻或發展理論來解釋日本動漫畫，殊不知足以讓日本傲視全球的動漫畫已經自成一龐大體系，而且日本已有豐富的研究文獻與資料。問題不再是產業或技術，而是別的。

我們必須先理解日本，研究日本並不是要抄襲或是「被殖民」，而是要更了解當前我們所面臨的現狀與問題，而且，理解日本也是同好們當下最為需要的課題。在台灣同好間赫赫有名的傻呼嚕同盟，受到各動漫畫社團的演講邀約不斷，書也一本接著一本的出，並開始與台灣漫畫家合作出版漫畫，他們成功的重要因素就是因為他們知道同好們的需求：我們要看懂動漫畫！我們想更了解動漫畫！我們不應該只是期待先知或是偉人的來臨，而是要從頭踏實地做起。對動漫畫進行論述並與大環境進行對話，將有助於我們對動漫畫的了解，也是創作的基礎。論述並不是創作者的專利，同好們也要加入論述的行列；論述還有另一層意義，就是動漫畫文化場域的誕

不遺餘力。他認為漫畫與教科書的關係就像是人的左腦與右腦，一體兩面。教科書是「公」的世界，象徵著正確、合理性與學習力，漫畫則是「私」的世界，象徵著冒險心、夢想與批判力；教科書與漫畫一者是理性、一者是感性。在學習的歷程中，所需要的不只是那些「公」的部分，夢想、冒險與批判力是不能被遺忘的。在這本書的結尾他寫下了這樣的話：「結論只有一個，漫畫與教育的本質是相同的。『給予孩子們夢想』……這就是本質。」

生，這需要大家的共同參與，並不是少數人所能成就的。

全球化已是一個不可阻擋的必然趨勢，面對全球化的衝擊，活在當下，我們不但是要保存、振興傳統文化；而且也要創造我們自己新的現代文化。我們可藉由各種意見及想法的競爭與衝擊，尋找出新的方向，不同文化的混合也是一種文化的再創造。流行文化與現代人的生活、消費行為有著密不可分的親密關係，消費者對物品符號價值的追求也是在購買商品的文化價值，更是人們認識、理解與解釋自己所處世界的有力工具之一。作為「動漫人」的 OTAKU 除了與動漫畫進行對話外，更必須與非動漫迷和大環境互動。

台灣本土動漫畫的未來在哪裡？我們必須結合整個產業相關的層面進行細緻的討論。不光是產業生產、漫畫家、出版社，還要思考整個社會對動漫畫的觀點，動漫迷的發展等等。許多人建議要以政府的經費來補助發展動漫畫，如黃雅芳（1998）認為在全球化的國際競爭下，本土漫畫出版界主動促銷日本漫畫商品，使得本土漫畫創作空間狹小，造成對日本漫畫嚴重的文化依賴，漫畫出版產業的結構無法由市場機制矯正，而需要以國家公共介入的方式來加以解決。古采豔（1998）也認為漫畫產業界需要政府介入，才能漫畫銷售與發行市場透明化，並培育本土漫畫家。這或許是一條路，但成功的可能性並不大，最終還是要靠同好的支持與參與；光靠政府補助，說不定本土的動漫畫、將會變成國片第二、另一個扶不起的阿斗。特別是在當下波濤洶湧的全球化浪潮下，要提升競爭力人人會說，但如何可能？一個文化產業不去思考如何得到民間大眾的支持，反過頭來要求別人要支持「本土化」，不支持就是媚外、受到外來的「文化侵略」，這種粗陋的說法卻是時有耳聞。只談本土化反而是窄化本土。文化的生產不是「由上而下」，而是「而下而上」，或應該是一個「平行的均衡狀態」。

從日本動漫畫的全球化，我們可見日本動漫畫全球化，擊敗好萊塢、迪士尼，憑藉的不是商業傳銷或政府補助，而是文本與觀賞者的緊密結合、認同與實踐。日本動漫畫的成功並不在於政府的補助或是資金，它們的成功表示了文化參與者（迷）與公共場域的重要性。文化產業的發展得兼顧國家（或是民族性）、市場還有社會部門三者，然而我們一直忽略掉社會公部門所具有的輿論力量與實踐。文本、迷與公共領域的結合才是動漫畫文化的真正面貌，這三者的結合賦予了動漫文化其生命力與價值。台灣漫畫產業如果要有未來，就不能停留在過去發展受阻的悲情、不是只要尋求資金，而是重新思索一個文化產業真正具有的意義，讓漫畫文化得以發展。日本動漫畫的開放性、迷文化所醞釀的在地生活實踐，就是文化的發展與再生，迷與創作者將動漫文化當作是「一件正經事」，因而投入動漫畫的創作，而非「文化是門好生意」。以文化為核心、以迷為主體的觀點必須被指出。

那麼，台灣動漫畫業界當今動態呢？在新聞局的補助下，純本土漫畫刊物終於重見市面，而且一次就出兩本：東立出版社的《龍少年》與台北市漫畫從業人員工會的《GO漫畫創意誌》分別在 2003 年 10 月 5 日及 26 日面市。在動畫產業部份，宏廣公司決定脫離代工、自創品牌，以朝向好萊塢動畫片的定位自許，推動「動畫旗艦」計畫。一部《馬可波羅》的預估成本遠遠超過十億新台幣，甚至達到三倍以上。在台灣這個國片預算上億就已經相當了不起的環境裡，可說是不得了的大手筆。另外電視豆公司在 2003 年東京影展以「魔豆傳奇」系列作品得到日本方面的重視，將與日本星球影像製作公司（Planet）合作，製作「魔豆傳奇」的電視動畫。將是一部從場景、顏色、美術設計到故事編寫完全由國內原創的作品（經濟日報，2003／08／27）。

我們看到動漫畫界背水一戰的決心，不斷地強調「競爭力」的重要性，但卻未看到他們究竟想跟讀者說些什麼，想與讀者有什麼樣的互動。我們也見到漫畫從業人員工會才剛發行第一期的《GO漫畫創意誌》就提到他們的刊物必須要賣到 15000 本完售，才可能打平開銷。因此當六期補助結束後，將等待其他企業主感興趣來接手，否則漫畫工會可能不會繼續經營下去（引自傻呼嚕同盟電子報，第 13 期）。這不就應驗了筆者所認為的「要是產業只想依靠政府補助，那這個產業完蛋的可能性一定很高」的看法？

宏廣與電視豆這兩家公司，正好是台灣動畫產業的兩者代表：宏廣是面臨 25 年，有急切轉型需要的老字號，擁有一定的技術與人才。電視豆是產業新手，沒有包袱、敢衝，但經驗還有待累積。

宏廣並認為我們相較於近年在動畫產業急起直追的韓國來說，我們擁有技術上的純熟與文化素養和內涵；但是如果我們再走代工的老路，我們一定很快就會被淘汰。字裡行間中，我們可以看到宏廣認為作品的內容不是問題。電視豆則認為他們的中期目標在於成為台灣的 Pixar（以具原創性聞名的美國動畫公司，代表作品為《海底總動員》），未來發行通路則要朝國際化發展。電視豆並自稱「原創者的天堂」、「創意引擎」（民生報，2003／11／08）。宏廣的董事長王中元的說法幾乎與電視豆一模一樣，他說：「宏廣要做 Pixar，宏觀則是要扮演迪士尼（發行商）的角色（e天下雜誌，2003 年11 月）。」在談到動畫產業的發展時，大家的著眼點還是在於資金的投資與如何打開銷售通路與增加動畫的附加價值，發行相關的授權商品[13]。但在宏廣所謂的本土動畫，最重要的工作——動畫導演——卻是請一個美國人、由《花木蘭》的導演 Tony Bancroft 來擔綱，那這樣的動畫作品還不是為人作嫁？編劇（台美共同）、執導（交由美國）都需要找別人來，我們主要是出錢，跟提供技術人員，這就是我們想要的本土動畫？《魔豆傳奇》在導演、編劇與製成上也是交由日本來處理。重點還是動漫畫的文化意涵，或者說我們要努力的方向是處理動漫畫作為文化產業的運作核心與當代文化經濟的思潮，從中求取動漫畫產業的安身立命之道。資金的重要性的確不能忽視，沒有資金，想要印行作品、

13　上段與本段資料主要引自《早安財經》創刊二號的 44 至 49 頁。此報導在結尾認為動畫產業是台灣特有的優勢產業，技術、人才與創意都是世界一流，但重點在於必須走出以往的代工角色，這個產業才有明天。

拍攝動畫是天方夜譚，但是我們似乎走到了一個僅是去問「錢從哪裡來？」、「究竟會不會賣錢？」這類產業利益凌駕於一切的思維模式[14]。不是因為別人在動漫畫產業上賺大錢，我們就想跟著撈一筆。筆者當然相信這些實際的創作與製作人員對動漫畫有其喜好，視動漫畫為志業，也絕對感謝他們的付出。但是在這樣的環境下，大家一切都向錢看，往後的發展要由誰來擔綱？八九成是一群只想著「動漫畫是門好生意的人」，那當產業一出問題，會有一堆人抽手就跑，也不會令我們意外。就算台灣的動漫畫產業在資金上不虞匱乏，產業的收益達到一定以上，但終究還是得面對「為什麼是動漫畫？」或重複以往「動漫畫有害」的問題。而正這是筆者未來還會不斷努力梳理、研究的核心。

第四節

文化的學習與競爭：全球文化的在地生活實踐

在第一章裡曾提過 Lai and Wong（2001）指出日本漫畫改變了香港漫畫本身侷限於武打故事的結構，更是提升了漫畫的社會地位。不僅如此，吳偉明（2002）更是提到香港漫畫自發展初期以來就一直從日本漫畫與日本漫畫家身上獲得創作的靈感。「香港連環圖教

14 例如在電視豆的網站上有列出所有媒體關於他們的報導。在 20 篇左右的報導中，清一色地是以資金、可能的產業產值、行銷網、進軍國際做作為核心。電視豆網址：http：//www.tvbean.com/china/news/news.html （2003／11／17）

父」黃玉郎奠定了香港漫畫以武打做為主軸的模式，一方是富有香港風格，一方面也大量地混入日本漫畫風格和人物造形。香港漫畫大師馬榮成自陳受日本漫畫家池上遼一、松森正與漫畫編劇家小池一夫諸多影響。新世代代表漫畫家司徒劍橋更認為自己是日本漫畫家士郎正宗、安彥良和的「俗家弟子」。就如同本書一直在思索的文化全球化與在地化的關係，全球化並不代表消滅在地文化，而是刺激在地文化的發展，重寫與發展新的、同時又是具有各地特徵的文化類型、文化產業。Lai、Wong 與吳偉明都指出日本漫畫對香港漫畫與香港社會提供了相當不同的視野（就娛樂業來說，吳偉明指出許多香港電影、電視劇、動畫與電腦技術也從日本漫畫獲得靈感與創作泉源）。重點是香港漫畫仍然保有它們的主體性與在地風格，並不是盲目地陷於全球化風潮、一味地抄襲。

那麼日本動漫畫全球化對台灣的動漫畫產業與動漫畫文化會帶來什麼影響？這就得看我們怎麼看待這些「外來」與我們「本土」的文化。

也到了該為本書下結論的時候了。本書的研究目標在於希望能夠指出一個不同的文化全球化的案例與可能，思索文化的社會性與日常生活的關係，同時能藉此基礎與產業發展結合，提供一個不同於強調產銷、資本的觀點（我們不一定需要好萊塢的大卡司，但我們希望文化商品與生活能夠互動）。文化與商品、產業並非互斥，現在的文化與商品常常是相互結合，商品的交換價值不再僅來在於使用價值，符號價值與象徵意義幾乎已經凌駕其上。

對本書來說，「迷」是重要的社會實踐者；迷必須與社會交流，建立公共論述場域，只是「沉迷」的人並不是真正的迷，OTAKU 的存在告訴我們批評家的重要性。迷是有生命厚度、有基礎與實踐的人，也會擁有他們的文化資本。日本動漫畫不光是兒童與青少年的專利這個特色也告訴我們，日本動漫畫有能力去培養它們的迷，迷會在動漫畫中不斷學習，建立他們的習慣。

最後，還是得不厭其煩地再強調一次，在全球化時代裡，我們要做的是讓文化交流，進行文化間的學習與競爭；為此，我們需要讓文化能與在地的生活產生共鳴，讓文化在日常生活中實踐與再製，這就是日本動漫畫全球化帶給我們的啟發與反省。

第五節

新的航程：朝向詮釋學

本書從迷的文化著眼，重新看到當代人在全球化時代裡還有另一種進行在地生活實踐的選擇與可能性。為了對迷的文化做更深入的分析、也是提出迷的文化所具有的力量，「OTAKU」的出現提供了我們強而有力的佐證與發展的前景及想像。但是，OTAKU 從何而來？或是我們說，日本的 OTAKU 有職人文化作為根基，那其他地區的 OTAKU 呢 ？職人文化本身能否提供一個普世性地在地生活實踐方針、而非僅僅侷限於日本？相信這是有可能的。職人文化所追求的是人與世界的關係，目標是人類的自我圓滿，這個理想不會只是日本、或是特殊的民族所有。不過針對動漫文化與動漫迷來說，達到這種圓滿的可能性我們在 OTAKU 這樣的迷文化已經清楚地看見了。OTAKU 的三隻眼：「美感、論理、通曉」更是讓我們了解到為何 OTAKU 能理解動漫世界並能遨遊於真實世界的原因。那麼，我們更要對 OTAKU 文化的當代根基——「動漫迷與動漫畫的連結」做更深層的理解。

動漫迷與動漫畫的連結就在於談論動漫畫。而談論動漫畫的前提是要能夠了解「什麼是動漫畫」？這是最基本卻也是最扎實的功夫。這樣的功夫實際上是指涉著一種對於「詮釋」（interpretation）的觀點或是技藝。在這邊，我們將指出處理詮釋活動問題的必要與必然性，這就是面對動漫畫的基礎。簡單地說，詮釋是一種對外在世界的理解，特別是對於文本的理解，在西方的詮釋學發展裡，詮釋的問題是從聖經開始，後來歷經文學與哲學的詮釋學，更成為一種理解人類的精神創造物、人文科學的基礎。詮釋是人與文本、歷史、世界的關係，詮釋的問題是最初、最基本、最重要，卻也是最後的終點[15]。

15 哲學的思維基礎就在於尋找一個整體性的統合基礎。就像哲學詮釋學大師 Gadamer 常引用阿爾克邁翁的格言：「人之所以走向毀滅，是因為他們無法把起點與終點聯繫起來。」人類所缺乏的是判斷力，缺乏真正的、自我的想法；人類缺乏一種統一的能力，無法了解到每一次的結束之後是新的開始（引自 Boehm, 2003：173～190）。對處於對動漫畫有理解、詮釋上需要的我們來說，問題可能是我們迷失在邁諾陶（Minotaur，牛頭人身怪）迷宮裡；忘了我們看動漫畫的初衷、感動，或是無法勇敢地踏進迷宮，面對動漫畫對我們所帶來的命題與挑戰，當然，此處要處理的問題沒那麼大，而是聚焦於對動漫畫文本的詮釋。我們要如何找到詮釋動漫畫的途徑？創作者與觀賞者間的關係為何？我們可以看到近代的文學批評已不同於以往強調閱讀就是為了解作者思想與訴求的傳統文學批評，近代的文學批評轉向強調讀者在意義生成裡的重要性；在傳播學界中也不斷強調閱聽人的存在，認為讀者可以超越文本、超越作者的意圖。然而，這種取徑也遭受到不少批評。即使是以肯定讀者在解讀文本所具有的積極意義的符號學大師 Eco（1997）在劍橋大學所舉辦的一次講座論文集裡，也指出我們可能會因此而落入一種荒謬的過度詮釋。Eco 認為即使是開放性的閱讀也必須從作品的文本出發，因此詮釋會受到作品的制約。然而，這並不是說我們的詮釋唯一的目的就是在發現作者本來的意圖（因為這會是永遠都不可能達到終點的）。在處理作者意圖與讀者意圖之外，還有第三種可能性：「文本的意圖」。

更遑論能走出迷宮了。我個人很喜歡 Gadamer 在 91 歲時接受電視訪問說的這句話：

> 回到阿爾克邁翁的那句話：人們之所以死，是因為他們無力再一次將結束與起點聯繫起來，我要說：根據我年老的經驗，這實際上是結束向起點接近的過程。我對事物的這一方面總是很感興趣：未來如何因為衰老而消失，過去如何變得豐富而慷慨。請您允許我有以下的快樂，使未來與過去這兩個地平線在我們自己的生活節奏中得以複製。我們總能學習一些把結束與起點聯繫起來的方法（引自 Boehm，2003：190）。

希望如果有幸看動漫畫到 91 歲的話，我能「滿足」（就像 Gadamer 說願望與滿足的關係是生活成功或不成功的因素）地說出類似於此的感觸。願以大家共勉之。

Eco 認為詮釋並不是一種無窮無盡的漂浮，這樣會落入到神秘主義的陷阱（強調詮釋者可以發現意義無窮盡的相互關係，卻不能說出究竟什麼是意義本身，我們能發現的意義之下都還有更深層的意義；最終，所謂文本的意義就是沒有意義）。要對文本意圖進行了解，唯一的方法是回到文本的連貫性整體；文本意圖是開放性的意義之源。藉由文本意圖，將產生標準讀者（the Model Reader）——能按照文本的要求，以文本應該被閱讀的方式進行閱讀，也不排除對文本進行多種解讀的可能性的讀者[16]。

Eco 並沒有忘記作者，理解作者當然是重要的，不過這並不在於理解作品，而是在於理解作品的創作過程。在相當多的情形裡，沒有作者就沒有詮釋的方向。但作者在面對他的作品時也將轉變為一個讀者；而且作者必須明白，文本詮釋的標準常常不是基於特定的個人，而是一個相互作用的複雜綜合體，包括讀者與讀者所掌握的語言能力（Eco，1997：27～108）。

作為詮釋者的我們，所需要的是保持開放的對話，不管是對作品、作者，或是面對其他的讀者與評論。我們能掌握的是意義生成的脈絡與對不同意義進行選擇。

16 像這類對於什麼是「好的」讀者的問題是在諸多讀者反應批評的理論家的研究核心，除了 Eco 提出的標準讀者外，還有假想的讀者（hypothetical reader）、理想的讀者（ideal reader）、敘述接受者（narratee）的說法。

在眾多關於詮釋學的研究中，德國哲學家 Gadamer（2002，原德文第一版發行於 1960 年）在《真理與方法》所提出哲學詮釋學的說法可謂最為精湛，更代表著當代詮釋學全新的走向；在《真理與方法》之後，許多不同的人文社會科學領域都從 Gadamer 的論點中發展出不同的詮釋學門。Gadamer 指出關於社會與歷史世界的經驗，是不能以自然科學的歸納程序而提升成科學的。用近代科學所強調的「方法」是無法理解到精神科學裡關於人的各式各樣的體驗的。例如對於藝術的美與體驗是無法用科學分析的方法去獲得。近代科學的方法常常是將理性窄化到工具性的層次。方法不是重點，重點在於「理解如何可能」。雖然這些體驗是處於科學之外、不能以科學的方式加以證明，但我們仍是可以對這種經驗的合理性進行確認。Gadamer 指出對一個文本的理解，必是從詮釋者的觀點出發；同時，文本與詮釋者的相遇，永遠發生、並有賴於歷史與社會的情境。重點不是方法與技術的層面，而是一種辯證過程，在這樣的辯證過程中，人會不斷地與文本相互對話、提出問題。

在歷史裡則是存在著作為過去與現在中介的流傳物，流傳物就可被我們經驗之物。詮釋學的任務並不是單純複製過去、複製原作者的思想，而是把過去與現在結合起來，讓原作者與詮釋者的思想進行對話。意義產生於詮釋者與文本的互動之中。歷史賦予詮釋者視域（詮釋者所見到的一切）。真正的理解不是克服歷史、擺脫歷史，而是正確地評論與適應歷史。Gadamer 更認為理解者所具有的前見、傳統、歷史境遇與時空距離並不是理解的障礙，而是理解的基礎與必要條件。歷史不是主觀或是客觀的，而是一種統合現實、過去與現在的關係。而文本與詮釋者有意義的對話與問答過程將成為「視域融合」（Horizontverschmelzung），讓歷史與當下、客體與主體構成一個無限的統一整體。理解是一種「既受限、又自由」的再創造過程。

當然，我們不是要把動漫畫當作神聖不可侵犯的東西，看動畫就得戰戰兢兢。一定要去「評論」、「研究」。動漫同好為何喜歡動漫畫？就如同我們在第二章已經提過的，這是因為他們可以在動漫畫中享受到「暢」（flow）的感受。那麼，以快樂作為原動力的同好們是如何在娛樂與遊戲中進入暢的體驗？在這個問題上光是前文提過 Godbey（2000）的討論並不能滿足我們，Godbey 將娛樂與遊戲置於輕鬆、取樂的原則中，並結合社會心理學對於規則的建置、反應與控制環境的分析，但這些分析與暢還有一段距離。那我們要如何想像一個既是輕鬆又是嚴肅的心理與實踐狀態？這如何可能？
我們可以在 Gadamer（2002：130～138）對遊戲的分析裡找到回答。確實遊戲對於遊戲者來說並不是某種嚴肅的事情。單純是遊戲的東西，並不是嚴肅的。而且正由於此，人們才去進行遊戲。單純是遊戲的東西，並不是嚴肅的。但遊戲活動與嚴肅東西有一種特有的本質關聯。遊戲活動本身就具有一種獨特的、甚至是神聖的嚴肅。遊戲者自己知道，遊戲只是遊戲，而且存在於某個由目的的嚴肅所規定的世界之中。只有當遊戲者全神貫注於遊戲時，遊戲活動才會實現它所具有的目的。誰不嚴肅地對待遊戲，誰就是遊戲的破壞者。遊戲具有一種獨特的本質，它獨立於那些從事遊戲活動的人的意識。每一種遊戲都給從事遊戲的人提出了一項任務。遊戲的人好像只有通過把自己行為的目的轉化到單純的遊戲任務中去，才使自己進入表現自身的自由之中[17]。

這樣，我們就知道如何面對動漫畫對我們提出的命題與挑戰，動漫畫是輕鬆的、同時也是嚴肅、需要高度涉入的。遊戲具有一種獨立

17　說到遊戲，我們不得不提到 Huizinga 這位遊戲研究的開山祖師爺。的確，所謂的遊戲一般是被放在社會文化的邊陲地帶，被視為是小孩的、休閒的、多餘的、也是難登大雅之堂的。然而，在整個動物世界中，遊戲普遍地存在著，我們甚至可以說，遊戲就是文化的基礎，遊戲先於文化而存在；人類文明、文化的發展往往是在遊戲中誕生的。Huizinga（1949）在 *Homo Luden：Study of the Play Element in Culture* 這本首次對遊戲概念進行全面性、深入性探討的書中首次對遊戲的特徵進行說明：遊戲是自願性的、遊戲與日常生活是有區隔的、遊戲有著時間與空間上的規則與限制；這三大特徵指出遊戲廣泛地存在文明與文化的各個面向（不管是法律、戰爭、哲學、知識、藝術）之中。遊戲本身就是它的目的，而不是為了別的（如休息、娛樂）在 Huizinga 的所建立的基礎上，Caillois（1958）更進一步地對遊戲進行更為深刻的定義：遊戲是自由的行動、遊戲是被隔離的行動、遊戲必定含有不確定的因素、遊戲是非生產性的活動、遊戲是有規則的活動；除了遊戲以外，Caillois 更加入了對 game 的理想型（ideal type）分類：agon（以競爭為核心）、alea（以機會為核心）、mimicry（以模仿為核心）、ilinx（以昏眩的、短暫地逃脫感官的支配為核心）、lauds（以克服困難為導向）、paidia（以即興的、似玩鬧的為導向）等分類。從這邊來看，遊戲正是人類的所有活動的根源。
在這邊還必須強調，遊戲並不單純是個人，或是參與者的事情；遊戲本身還是反映社會特殊性與運作模式的重要切入點。Geertz（1973）指出在巴里島鬥雞所具有的「深層的比賽」（deep play）中，這種勢均力敵、勝負難卜，包含著人的自尊與榮耀（鬥雞本身就象徵著男性氣概）的比賽，鬥雞正是整個社會的再現，鬥雞教育著巴里人學習巴里人的情感，訴說著巴里人自己的故事。那麼，動漫畫之於日本人就如同鬥雞之於巴里人一般，是日本人訴說與看待自身的文化體系，更是成就自我的中介。在全球化時代裡，作為異文化下的我們，是不是能從動漫畫中理解日本、同時也能理解自我呢？

於外界的神聖。動漫同好就是遨遊於動漫畫遊戲中的人。

最後，讓我們再來談談何謂詮釋學，也想想詮釋學對我們理解動漫畫是否能提供什麼貢獻：

詮釋學（Hermeneutik）是宣告、口譯、闡明與解釋的技術。這個字據說來自於赫爾默思（Hermes）這個傳遞在希臘神話裡諸神中給予人類訊息的信使之名。他的宣告顯然不是單純的報道，而是解釋諸神的指令，將諸神的指令翻譯成人間的語言，使凡人可以理解。因此詮釋學在古代就是一門關於理解、翻譯與解釋的學科，更正確的說，它是一門技藝學。洪漢鼎（2002）依照 Hermeneutik 這個用詞指出詮釋學本身帶有實踐性的技藝的詞源學意義，是作為中介的技術。但也是一種真理的應用。詮釋學傳統從詞源上至少包含三個要素，即理解、解釋（含翻譯）和應用的統一。最後，詮釋學還是一種實踐智慧。而我們正可以見到 Gadamer 在《真理與方法》後除了不斷地深化哲學詮釋學外，更將哲學詮釋學轉向實踐哲學。Gadamer（1990a：18～38）強調理論並非是實踐的反義詞，實踐不僅僅是指向當代科學的應用。理論一詞最初的涵義是指「觀察」，更是一種行動的介入與參與。生活就是理論與實踐的統一，就是每個人的可能性與任務。

詮釋學不只是理論，從上古時代至今，詮釋學始終都在要求關於各種可能性、規則和解釋方法之實踐。人們對於文本若只是重複作者所說，還不能算是真正的理解。人們必須使作者的說法重新回到生活中去。詮釋學所努力的就是回應日常實踐中的各種問題，我們必須理解問題與了解為何他人像我們提出這樣的問題。詮釋學的意義在於它帶來一種經過拓寬和深化的自我理解（Gadamer，1990b：109～130）。就我們而言，這不正是「通曉」與面對動漫畫的命題與挑戰嗎？

再看看 OTAKU 與詮釋學的關係，OTAKU 文化就是一種動漫迷對動漫畫進行詮釋而產生兩者間的交流最後所成就的文化。OTAKU 的三隻眼，有相當大的部分就是一種詮釋的技藝學（如「美感」與「論理」之中都帶有大量的技藝層面）。但 OTAKU 所感知的並不只是技藝，還有意義的掌握、應用的統一。這是如何可能的？可惜的是，在岡田斗司夫的分析中，他並沒有對此有很清楚的交代。但是再深究岡田所提出來的三隻眼，我們看到了一條道路，也就是「通曉」之道。「通曉」是筆者對「通の眼」的「翻譯」，翻譯是什麼？翻譯一方面是與對方的談話，一方面卻是與自己的談話，也就是進行相互的理解；更重要的是翻譯是一種重新的解釋。就本書來看，「通曉」的翻譯，也正是一種在地化的實踐。是我們可以與動漫畫的對話與詮釋、重寫以及再理解。OTAKU 之道，也就是詮釋學之道，是技藝、是理解、更是實踐。既是個體的、也是全體的。在第二章提到作為動漫迷文化重要象徵的「アニメ新世紀宣言」不也正是一種動畫與動畫迷的「視域融合」嗎？同樣在第二章所指出日本漫畫文化能超越「有害漫画問題」是因為公共論述領域的誕生，然而這樣的公共領域根基應是在於文化參與及行動者的自我理解、詮釋和文化力量的積累，也就是對文化的「通曉」與實踐了。

在當代社會裡，面對各式各樣的文本早已有許多人經由不同脈絡、視角來對它們進行理解；其中，可能「文化消費」（cultural consumption）的說法是近年來最為人所朗朗上口的吧！文化消費本身是個極為複雜的現象與概念，但有趣的是，當提到文化消費與文本的關係時，常常是以電視作為對象，然後一不小心就變成究竟是電視影響人、還是人不會受電視影響，只是「看看就算」。如果要有深刻、有意義的內容與分析途徑的話，終究還是得到文學的領域去尋找。似乎文學永遠就是高人一等的文本，圖像、影音文本始終就得矮人一截。對此，我們不能說輕易武斷地說這是個文化歧視或是差異（但說它是個偏見應該沒有疑義），而且這個「偏見」確實並非完全不無道理（就如同 Gadamer 的哲學詮釋學脈絡中，「偏見」更是一種我們認識世界的「前見」，並非是傳統認識論中所認為有害而需要以理性去加以根除的；偏見本身有其價值，同時也是可容許我們對其加以批判的），但我們必須說這是個忽略掉一些重要面向的偏見。它忽略了文本本身是平等的，重點在於創作者、觀看者對它的看法與詮釋，是不是能有「視域融合」的可能性更需要我們關注。目前，以詮釋學來說，我們可以看到神學、法學、哲學、歷史與最常見到的文學詮釋學，我們是不是可以把動漫畫加入這個行列？動漫畫作為一種獨立、特殊的文本類型，確實需要有以其本體為核心，發展出一套專門的動漫畫詮釋學。同時，OTAKU

學正可以作為動漫畫詮釋學的重要基礎。

現在，就是我們航向詮釋學大海的「偉大航路」之時。當然，不管是對動漫畫或是動漫同好來說這個航程並不輕鬆，而且還將會是段漫長、永無止盡的航行。但或許在這途中，我們將會尋獲到屬於自己的夢想、自己的「ONE PIECE」。

錨已拉起，大家揚帆出海吧！

附　錄

參考書目
索引

中文部份

山田昌弘，2001，《單身寄生時代》，李尚霖譯。台北：新新聞。

尹鴻，2000，〈全球化、好萊塢與民族電影〉，《當代》156：32-47。

手塚治虫，1999a，《我的漫畫人生》，游珮芸譯。台北：玉山社。

手塚治虫，1999b，《漫畫入門》，台北：武陵。

王守華，1997，〈神道思想研究的現代意義〉，《日本學刊》39：75-91。

王勇，2001，《日本文化——模仿與創新的軌跡》，北京：高等教育出版社。

古采豔，1998，《台灣漫畫工業產製之研究：一個政治經濟觀點》，國立中正大學電訊傳播研究所碩士論文。

朱耀偉，2002，《本土神話：全球化年代的論述生產》，台北：台灣學生。

吳偉明，2002，〈日本漫畫對香港漫畫界及流行文化的影響〉，《二十一世紀雙月刊》72：105-115。

李天鐸，1998，〈跨國傳播媒體與華語流行音樂的政治經濟分析〉，《當代》125：54-71。

李衣雲，1999，《私と漫畫の同居物語》，台北縣：新新聞。

李國慶，2001，《日本社會——結構特性與變遷軌跡》，北京：高等教育出版社。

李彩琴，1997，〈台灣動畫的發展與現況〉，收入《動畫電影探索》，頁196-211。台北：遠流。

肖元愷，2003，《全球新座標：國記載體與權力轉移》，北京：國際文化。

肖傳國，1997，〈關於中日」家」的歷史考察〉，《日本學刊》41：105-115。

尚會鵬，1993，《日本家元制度的特徵及其文化心理基礎》，《日本學刊》18：85-97。

岩瀏功一，2000，〈重返亞洲？日本在全球影音市場的動向〉，《傳播文化》6：63-83。

林依俐，2002，〈第一回同人文化講座 關於同人的基礎知識〉，《frontier》12：66-69。

林淑貞，1996，〈漫畫所引發的青少年效應〉，《國文天地》12（2）：70-76。

林蕙涓，1995，〈漫畫能「載舟」亦能「覆舟」〉，《北縣教育》9：25-28。

洪漢鼎，2002，《詮釋學史》，台北：桂冠。

洪德麟，1999，《台灣風城漫畫50年》，新竹：竹市文化。

洪德麟，2000，《傑出漫畫家——亞洲篇》，台北：雄獅美術。

洪德麟，2003，《台灣漫畫閱覽》，台北：玉山社。
紀文章，1994，〈好萊塢與媒介帝國主義〉，《藝術觀點》2：91-95。
孫治本，2000，〈全球地方化、民族認同與文明衝突〉，《思與言》38（1）：147-184。
孫治本，2001a，〈個人主義與第二現代〉，《中國學術》5：262-291。
孫治本，2001b，〈生活風格與社會結構的研究〉，《東吳社會學報》11：79-111。
徐佳馨，2001，《漫步圖框世界：解讀日本漫畫的文化意涵》，輔仁大學大眾傳播所碩士論文。
浩　子，2002，〈網路時代的ACG進化論〉，《動漫世代》3：90-97。
高增杰，2001，《東亞文明撞擊——日本文化的歷史與特徵》，南寧：廣西教育出版局。
張元培，1997，〈「灌籃高手」漫畫對於體育運動之教育意涵〉，《中華體育》11（3）：35-42。
張振益，1999，〈眾志成城的動畫工程——淺談迪士尼動畫長片製作流程〉，收入《科技與人文的對話》，頁172-205。台北：雄獅。
陳仲偉，2002，〈網際網路與動漫社群的再現——網際網路是否帶來動漫畫社群新的可能性〉，《當代》181：34-59。
陳儒修，1995，《電影帝國 另一種注視：電影文化研究》，台北：萬象圖書。
陶東風，2000，《後殖民主義》，台北：揚智。
黃文雄，1992，《震盪世界的日本》，台北：自立晚報。
黃志湧，1996，〈漫畫市場流行風〉，《動腦》243：78-81。
黃明月，1995，《我國電視卡通影片內容價值取項研究報告》，台北：中華文化復興運動總會電視文化研究委員會。
黃雅芳，1998，《台灣漫畫文化工業初探》，國立師範大學社會教育學系碩士論文。
葉乃靜，1999，〈漫畫對大學生的意義研究〉，《資訊傳播與圖書館學》6（1）：33-47。
漫畫丸，2001，〈漫畫丸的傻呼嚕漫畫論——關於業餘漫畫創作〉，收入《漫畫同盟報2》，頁207-208。台北：藍鯨。
劉維公，2000，〈全球文化與在地文化的「連結」（connection）關係：論日常生活取向的文化全球化研究〉，《臺大社會學刊》28：189-228。
劉維公，2001，〈當代消費文化社會理論的分析架構：文化經濟學（cultural economy）、生活風格（lifestyles）與生活美學（the Aesthetics of Everyday life）〉，《東吳社會學報》11：113-136。

廣林院散人，2002，《漫畫漫畫萬萬歲：小漫畫家生存日誌》，台北縣：新雨。

蕭湘文，2000，〈漫畫的消費行為與意義：漫畫迷與非漫畫迷之比較〉，《民意研究季刊》213：55-89。

蕭湘文，2002，《漫畫研究：傳播觀點的檢視》，台北：五南。

閻雲祥，2002，〈管理全球化——中國國家權力和文化的變遷〉，收入《杭廷頓&柏格看全球化大趨勢》，頁58-85。台北：時報。

顏艾琳，1998，《漫畫鼻子》，台北：探索文化。

魏玓，1999，〈全球化脈絡下的閱聽人研究——理論的檢視與批判〉，《新聞學研究》60：93-114。

蘇蘅，1994，〈青少年閱讀漫畫動機與行為之研究〉，《新聞學研究》48：123-145。

塩澤実信，1989，《日本的出版界》，台北：台灣東販。

AIplus 2001a，〈美日動漫畫雜談〉，收入《動漫2000》，頁140-149。台北：藍鯨。

AIplus 2001b，〈日本動漫畫在義大利〉，收入《動漫2000》，頁150-156。台北：藍鯨。

AIplus 2001c，〈巨人小傳——手塚治虫的創作與生命〉，收入《動漫2001》，頁262-275。台北：藍鯨。

Barthes, Roland, 1997〈摔角的世界〉，呂建忠譯。收入《文化與社會》，頁118-128。台北：立緒文化。

Baudrillard, Jean 1997，《物體系》，林志明譯。台北：時報。

Baudrillard, Jean 2000，《消費社會》，劉成富、全志鋼譯。南京：南京大學出版社。

Beck, Ulrich, 1999，《全球化危機》，孫治本譯。台北：商務。

Bocock, Robert, 1995，《消費》，張君玫、黃鵬仁譯。台北：巨流。

Boehm, Ulrich, 2003，《思想的盛宴：與思想家伽達默爾等對話》，王彤譯。台北：先覺。

Crane, Deanna, 2000，《文化生產：媒體與都市藝術》，趙國新譯。南京：譯林。

dasha, 2001a，〈皮卡丘的風潮〉，收入《動漫2000》，頁17-25。台北：藍鯨。

dasha, 2001b，〈火的七日間——日本篇〉，收入《動漫2000》，頁127-139。台北：藍鯨。

Eco, Umberto, 1997, 〈詮釋與歷史〉、〈過度詮釋本文〉、〈在作者與文本之間〉, 王宇根譯。收入《詮釋與過度詮釋》, 頁27-108。北京：三聯書店。

Eisner, Mike, 1999, 〈全球化的娛樂事業〉, 林添貴譯。收入《改變中的全球秩序》, 頁98-104。台北：立緒。

Fiske, John, 2001, 《理解大眾文化》, 王曉珏、宋偉杰譯。北京：中央編譯出版社。

Gadamer, Hans-Georg, 1990a, 《理性・理論・啟蒙》, 李曉萍譯。台北：結構群。

Gadamer, Hans-Georg, 1990b, 《科學時代的理性》, 結構群編譯。台北：結構群。

Gadamer, Hans-Georg, 2002, 《真理與方法——哲學詮釋學的基本特徵》, 洪漢鼎譯。上海：上海譯文出版社。

Godbey, Geoffrey, 2000, 《你生命中的休閒》, 田筝譯。昆明：雲南人民出版社。

Gray, John, 2002, 《偽黎明：全球資本主義的幻象》, 北京：中國社會科學出版社。

Hahn, Kornelia, 2001, 〈全球地方化、新「地區」概念與生活風格〉, 孫治本、譚又寧譯。《當代》168：54-63。

Held, David et al., 2001, 《全球化大轉變——全球化對政治、經濟與文化的衝擊》, 沈宗瑞等譯。台北：韋伯文化。

Herman, E.S and R. W. McChesney, 200, 《全球媒體：全球資本主義的新傳教士》, 甄春亮等譯。天津：天津人民出版社。

Longworth, Richard, C. 2002, 《全球經濟自由化的危機》, 應小端譯。北京：三聯書店。

Lull, James, 2002, 《媒介、傳播與文化》, 陳芸芸譯。台北：韋伯文化。

Nash, Kate, 2001, 《當代政治社會學：全球化、政治與權力》, 林庭瑤譯。台北：韋伯文化。

Rauch, Jonathan, 1994, 《局外之國 日本心魂的探索》, 袁生與蔣珂譯。台北：錦繡。

Ritzer, George, 2001, 《社會的麥當勞化》, 林祐聖、葉欣怡譯。台北：弘智。

Robertson, Roland, 2000, 《全球化 社會理論與全球文化》, 梁光嚴譯。上海：上海人民出版社。

RuriLin, 1998, 〈機動戰艦・撫子〉, 《勁TOP POWER》0：54-57。

Storey, John, 2001, 《文化消費與日常生活》, 張均玫譯。台北：巨流。

Thomas, Bob, 1999, 《迪士尼傳奇 創造夢想王國的企業傳奇故事》, 晏毓良譯。台中：晨星出版。

Tomlinson, John, 1994, 《文化帝國主義》，鄭棨元、陳慧慈譯。台北：時報。

Tomlinson, John, 2001, 《文化全球化》，馮健三譯。台北：韋伯文化。

tp 2001 〈台灣漫畫回憶錄〉收入《動漫2000》，頁74-84。台北：藍鯨。

Warnier, Jean-Pierre, 2003, 《文化全球化》，吳錫德譯。台北：麥田出版。

Wasko, Janet, 1999, 《超越大銀幕：資訊時代的好萊塢》，魏玓譯。台北：遠流。

Wasko, Janet, 2001, 《認識迪士尼》，林佑聖、葉欣怡譯。台北：弘智。

英文與日文部份（日文部分依 50 音排列）：

Adorno, T.W. ,1991. *The Cultural Industry: Selected Essays on Mass Culture*. London: Routledge.

Allison, Anne,2000. " Sailor Moon: Japanese Superheroes for Global Girls," in Timothy J. Craig eds. *Japan Pop! Inside the World of Japanese Popular Culture*. Pp259-278. New York: M.E.Sharpe.

Anderson , Warwick,2002. "Postcolonial Technoscience," *Social Studies of Science*32（5-6）, 643-58.

Bukatman, Scott,2000. " Terminal Penetration," in David Bell and Barbara M. Kennedy eds. *The Cyberculture Reader*. Pp149-174. London: Routledge.

Berger, A. A. 1997. *Bloom's Morning: Coffee, Comforters, and Secret Meaning of Everyday Life*. Boulder, Colo: Westview Press.

Caillois, Roger 1958. *Man, Play, and Games. Urbana*: University of Illinois Press.

Craig, Tim 2000. " Introduction," in Timothy J. Craig eds. *Japan Pop! Inside the World of Japanese Popular Culture*. Pp3-23. New York: M.E.Sharpe.

Crane, Diana 2002. " Culture and Globalization Theoretical Models and Emerging Trends," in Diana Crane etc eds. *GLOBAL CULTURE Media, Arts, Policy, and Globalization*. Pp1-25. New York: Routledge.

de Certeau, Michel 1984. *The Practice of Everyday Life*. Berkeley: University of California Press.

Dirlik, Arif 2001. "Place-Based Imagination: Globalism and the Politics of Place," in R. Prazniak and A. Dirlik eds. *Places and Politics in an Age of Globalization*. Pp15-51. Rowman: Littlefield Publishing.

Friedman, Jonathan 2001. "Indigenous Struggles and the Discreet Charm of the Bourgeoisie," in R. Prazniak and A. Dirlik eds. *Places and Politics in an Age of Globalization.* Pp53-69. Rowman: Littlefield Publishing.

Geertz, Clifford 1973. " Deep Play: Notes on the Balinese Cockfight," in *The Interpretation of Culture.* Pp412-453. New York: Basic Book.

Gill, Tom 1998. " Transformational Magic: Some Japanese super-heroes and monsters," in D. P. Martinez eds. *The Worlds of Japanese Popular Culture Gender, Shifting Boundaries and Global Cultures.* Pp33-55. Cambridge: Cambridge.

Haug, W. F. 1986. *Critique of commodity Aesthetics.* Oxford: Polity Press.

Hetata, Sherif 1998." Dollarization, Fragmentation, and God," in Fredric Jameson and Masao Miyoshi eds. *THE CULTURES OF GLOBALIZATION.* Pp273-290. London: Duke University Press.

Huizinga, John 1949. *Homo Ludens: Study of the Play Element in Culture.* London: Routledge.

Iwabuchi koichi 2002. " From Western Gaze to Global Gaze," in Diana Crane etc eds. *GLOBAL CULTURE Media, Arts, Policy, and Globalization.* Pp256-273. New York: Routledge.

Izawa, Eri 2000. " The Romantic, Passionate Japanese in Anime: A Look at the Hidden Japanese Soul," in Timothy J. Craig eds. *Japan Pop! Inside the World of Japanese Popular Culture.* Pp138-153. New York: M.E.Sharpe.

Jameson, Fredric 1998. "Note on Globalization as a Philosophical Issue," in Fredric Jameson and Masao Miyoshi eds. *THE CULTURES OF GLOBALIZATION.* Pp54-77. London: Duke University Press.

King, Nicholas 2002. "Security, Disease, Commerce: Ideologies of Post-Colonial Global Health," *Social Studies of Science*32（5-6）, 763-89.

Kinsella, Sharon 2000. *ADULT MANGA Culture and Power in Contemporary Japanese Society.* Honolulu: University of Hawai'i Press.

Lai, Cherry Sze-ling and Dixon Heung Wong 2001." Japanese comics coming to Hong Kong,"in Harumi Befu and Sylvie Guichard-Anguis eds. *Globalizing Japan: Ethnograpy of the Japanese presence in Asia, Europe, and America.* Pp111-120. London: Routledge.

Lent, John A. 1989. " Japanese Comics," in Richard Gid Powers and Hidetoshi Kato eds. *Handbook of Japanese Popular Culture.* Pp221-242. Westport: Greenwood Press.

Levi, Antonia 1996. *Samurai from Outer Space: Understanding Japanese Animation.* Chicago: Open Court.

Loveday, Leo and Satomi Chiba 1986. " Aspect of Development toward a Visual Culture in Respect of Comics: Japan," in Alphons Silbermann and H. D. Dyroff eds. Comics and Visual Culture: Research Studies from ten Countries. Pp158-184. London: Saur.

Martinez, D. P. 1998."Gender, Shifting Boundaries and Global Cultures,"in D. P. Martinez eds. *The Worlds of Japanese Popular Culture Gender, Shifting Boundaries and Global Cultures.* Pp1-18. Cambridge: Cambridge.

McCarthy, Helen 1993. *Anime ! A Beginner's Guide to Japanese Animation.* London: Titan Books.

Napier, Susan J. 1998 "Vampires, Psychic Girls, Flying Women and Sailor Scouts: Four faces of the young female in Japanese popular culture," in D. P. Martinez eds. *The Worlds of Japanese Popular Culture Gender, Shifting Boundaries and Global Cultures.* Pp91-109. Cambridge: Cambridge.

Napier, Susan J. 2001. *ANIME from Akira to Princess Mononoke*. New York: Palgrave.

Poitras, Gilles 1999. *The anime companion: what's Japanese in Japanese animation.* Berkeley: Stone Bridge Press.

Poitras, Gilles 2000. *Anime Essentials: Every Thing a Fan Needs to Know.* Berkeley: Stone Bridge Press.

Schodt, Frederik L. 1986. *Manga! Manga! The World of Japanese Comics.* Tokyo: Kodansha.

Schodt, Frederik L. 1996. *Dreamland Japan: Writings on Modern Manga.* Berkeley: Stone Bridge Press.

Sreberny-Mohammadi, Annabelle 1997 " The Many Cultural Faces of Imperialism," in Peter Golding and Phil Harris eds. *BEYOND CULTURAL IMPERIALISM Globalization, Communication and New International Order.* 49-68. London: Sage Pulications.

Stronach, Bruce 1989. "Japan Television," in Richard Gid Powers and Hidetoshi Kato eds. *Handbook of Japanese Popular Culture.* Pp127-165. Westport: Greenwood Press.

Trend, Barbara 1998. "Media is a Capitalist Culture," in Fredric Jameson and Masao Miyoshi eds. *THE CULTURES OF GLOBALIZATION.* Pp247-270. London: Duke University Press.

Verran, Helen 2002. "A Postcolonial Moment in Science Studies: Alternative Firing Regimes of

Environmental Scientists and Aboriginal Landowners,"*Social Studies of Science*32（5-6）, 729-62.

阿久津勝，1998，〈日本マンガのアジア事情〉，收入《日本漫畫が世界ですごい》，頁102-107。東京：たちばな出版。

浅羽通明，2000，〈高度消費社会に浮游する天使たち〉，收入《「おたく」の誕生!!》，頁357-392。東京：宝島社。

朝日新聞社編集部，1997，《コミック学のみかた》，東京：朝日新聞社。

浅見祥子等，2000，《Japanese Animation日本のアニメ-終わりなき黄金時代》，東京：NEKO PUBLISHING。

阿島俊，1997，《新編 マンガ&アニメ同人誌ハンドブック》，東京：久保書店。

東浩紀，2000，《不過視なものの世界》，東京：朝日新聞社。

アニメ批評編集部，1999a，《アニメ批評001》，東京：マイクロデザイン出版局。

アニメ批評編集部，1999b，《アニメ批評001》，東京：マイクロデザイン出版局。

岩見和彥，1993a，〈いまどきのマンガ文化〉，收入《青春の變貌　青年社会学のまなざし》，頁143-162。大阪：関西大学出版部。

岩見和彥，1993b，〈〈おたく〉の社会学〉，收入《青春の變貌　青年社会学のまなざし》，頁163-176。大阪：関西大学出版部。

石子順造，1994，《戦後マンガ史ノート》東京：紀伊國屋書店。

井戸理惠子，2001，〈物づくりの民俗を見る——「職人」の自然・人・素材の〈調和の世界〉〉，收入《「職人」伝えたい日本の」魂」》，頁172-191。東京：三交社。

岩田次夫，1998，〈「場」としてのコミケット全体像を探る〉，收入《国際おたく大学一九九八年最前線からの研究報告》，頁301-322。東京：光文社。

梅棹忠夫，1986，《日本とは何か 近代日本文明の形成と發展》，東京：日本放送出版協會。

エス・ビー・ビー編集部，2001，《「職人」伝えたい日本の」魂」》東京：三交社。

エチエンヌ・バラール，2000，《オタク・ジャポニカ 仮想現実人間の誕生》，東京：河出書房新社。

多田信 2002，《これがアニメビジネスだ》，東京：廣済堂。

岡田斗司夫，1996，《オタク学入門》，東京：太田出版。

岡田斗司夫，1997，《東大おたく学講座》，東京：講談社。

岡田斗司夫，1998，《東大オタキングゼミ》，東京：自由國民社。

大下英治，2002，《手塚治虫 ロマン大宇宙》，東京：講談社。

尾高煌之助，2000，《新版 職人の世界・工場の世界》，東京：NTT出版。

音樂出版社，1999，《ビデオソフト総カタログ2000年版》，東京：音樂出版社。

木谷光江，1998，《ブラック・ジャックの眼差し——手塚治虫の世界》，名古屋：KTC中央出版。

清谷信一，1998，《Le OTAKU フランスおたく事情》，東京：KKベストセラーズ。

北野太乙，1998，《日本アニメ史学研究序說》，東京：八幡書店。

呉智英，1997，《現代マンガの全体像》，東京：双葉社。

黒川紀章，2001，〈共生する伝統と現代——二一世紀の新秩序となる「共生の思想」〉，收入《「職人」伝えたい日本の」魂」》，頁68-85。東京：三交社。

小牧雅伸編集，1998，《機動戦士ガンダム宇宙世紀vol.1歴史編》，東京：ラポート。

コミック表現の自由を守る会 1993 《誌外戦 コミック規制をめぐるバトルロイヤル》，東京：創出版。

コルピ・フェデリコ，1998，〈海の向こうのOTAKUな話＃31 イタリア的日本アニメ放映法〉，《電撃B magazine》4：79。

齋藤環，2000，《戦闘美少女の精神分析》，東京：太田出版。

齋藤美奈子，1998，《紅一点論 アニメ・特撮・伝記のヒロイン像》，東京：ビレッジセンター。

篠田博之，1991，〈メインカルチャーになったコミックの巨大市場〉，收入《有害コミック問題を考える》，頁88-96。東京：創出版。

島田燁子，1990，《日本人の職業倫理》，東京：有斐閣。

清水勲，1999，《漫画の歴史》，東京：河出書房新社。

清水勲，2000，〈日本漫画略史〉，收入《札幌の漫画》，頁12-19。札幌：北海道新聞社。

瀬戸龍哉，2002，〈国産30分テレビアニメの始祖・手塚治虫。その大いなる助走。〉，收入《日本のアニメ All about JAPAN ANIME》，頁143-158。東京：宝島社。

大德哲雄等，2000，《GUNDAM CENTURY RENEWAL VERSION》，東京：樹想社。

滝山晋，2000，《ハリウッド　巨大メディアの世界戦略》，東京：日本経済新聞社。

竹内オサム，1995，《戦後マンガ50年史》，東京：筑摩書房。

谷川彰英，2000，《マンガ　教師に見えなかった世界》，東京：白水社。

手塚プロダクション、秋田書店，1998，《手塚治虫全史その素顏と業績》，東京：秋田書店。

手塚プロダクション、村上知彥編，1995，《手塚治虫がいなくなった日》，東京：潮出版社。

中沢新一，1989，《東洋の不思議な職人たち》，東京：平凡社。

中島梓，1991，《コミュニケーション不全症候群》，東京：筑摩書房。

長谷邦夫，2000，《漫画の構造学》，東京：インデックス出版。

夏目房之介，2001，《マンガ世界戦略》，東京：小学館。

日外アソシエーシ編集部編，1997，《漫画家・アニメ作家人名事典》，東京：日外アソシエーシ。

氷川竜介，1998，〈アニメ新世紀、終焉と再生〉，收入《国際おたく大学　一九九八年最前線からの研究報告》，頁73-90。東京：光文社。

氷川竜介，2000，《アニメ新世紀王道密伝書》，東京：徳間書店。

日経BP社 技術研究部，1999，《アニメ・ビジネスが変わる》，東京：日経BP社。

フランチェスコ・プランドニ，1998，〈ファースト・インパクト【イタリアの場合】〉，收入《日本漫畫が世界ですごい》，頁16-37。東京：たちばな出版。

宝島社編輯部等，2002，《日本のアニメ All about JAPAN ANIME》，東京：宝島社。

堀越和子，1997，〈国際漫画紀行　第9回　大義か違法か、それがモンダイだ？！〉，《ぱふ》267：71。

堀越和子，1998，〈国際漫画紀行　第17回　エッチには聖書障壁がある〉，《ぱふ》275：140-141。

M・加藤，1998，〈韓国の日本マンガ・アニメ事情〉，收入《日本漫畫が世界ですごい》，頁108-119。東京：たちばな出版。

松谷孝征，2000，〈手塚治虫の情熱〉，收入《ぼくはマンガ家》，頁272-276。東京：角川書店。

松本零士，2002，《遠く時の輪の接する處》東京：東京書籍。

ミドリ・モール 2001《ハリウット・ビジネス》，東京：文春新書。

南敏久，2000，〈近代アニメ史概論〉，收入《20世紀アニメ大全》，頁6-13。東京：双葉社。

村上知彥，1998，《まんが解体新書 手塚治虫のいない日のために》，東京：青弓社。

宮原浩二郎、荻原昌弘編集，2002，《マンガの社会学》，東京：世界思想社。

山下洋一，1998，〈ジャパンアニメは世界市場を席巻するか？〉，收入《アニメの未來を知る》，頁75-85。東京：テン・ブックス。

吉弘幸介，1993，《マンガ現代史》，東京：丸善株式会社。

米沢嘉博，2000，〈コミケット 世界最大のマンガの祭典〉，收入《「おたく」の誕生!!》，頁108-127。東京：宝島社。

四方田犬彥，1994，《漫画原論》，東京：筑摩書房。

同人誌

安西信行等，2002，《Drill Capsule III》，不明：Drill Capsule。

おきらく堂，1996，《Nervtype》，川崎市：おきらく堂。

大槍葦人，2002，《A PIECE OF THE WORLD》，東京：INKPOT。

真鍋譲治，不明，《いまさら　ダーティペア２》，東京：スタジオかつ丼。

真鍋譲治，1998，《いまさら　ダーティペア3》，東京：スタジオかつ丼。

真鍋譲治，2002，《BARNETTE BOOK》，東京：スタジオかつ丼。

真鍋譲治，2001，《裏 銀河戦國群雄伝》，東京：スタジオかつ丼。

真鍋譲治，2001，《裏 銀河戦國群雄伝 下卷》，東京：スタジオかつ丼。

真鍋譲治，2001，《裏 銀河戦國群雄伝 南天編》，東京：スタジオかつ丼。

真鍋譲治，2002，《CORRECTOR》，東京：スタジオかつ丼。

真鍋譲治，2002，《To Heart総集編》，東京：スタジオかつ丼。

高橋留美子，ファンクラブ，1991，《高橋留美子作品総目録 1978-1990》，不明：高橋留美子ファンクラブ。

野坂尚史等，2002，《DFJ》，不明：DARK FORCE。

好実昭博，2000，《REVENGE3 1995-1999好実昭博画集》，東京：ST. DIFFERENT。

索引